삶 안에 흐르는 시

심재중 시집

borim
도서출판 snp

〈머리글〉

수십 년의 직장생활을 마치고
어느덧 노년에 이르러, 그동안의 사회생활을 돌이켜보며, 자신의 삶의 체험
과 희로애락을 바탕으로 자신만의 시집을 한권 갖고 싶어 용기를 내어, 이러
한 拙詩 모음도 시집이 될 수 있음을 감히 보여드리고 싶었다.

삶의 여정에서 맞닥뜨려지는 사건이나 사안에 대하여, 자신의 삶의 체취와
흔적인, 기쁨과 슬픔, 고뇌를, 비록 부족하지만, 사실적으로, 그리고 감성적으
로 평이하게 표현하는 서술형식의 생활 서정시를 쓰고 싶었다.

독자들이 부담없이 읽으면서, 감성의 흐름을 통하여 마음을 교류하며 많은
독자들과 공감했으면 한다.

정치, 경제 등, 국내·외 환경의 급격한 변화와 우리 사회의 이념적 가치관 및
윤리관의 상실과 혼돈,팽배한 이기심 등으로 말미암아 가정과 사회가 크게
흔들리는 시대적 아픔과 슬픔을, 사랑의 마음으로 서로를 이해하고 의지해가
며, 함께 가야 할 길을 헤쳐나가고 싶었다.

이런 취지에서, 2019년 3월 "삶안에 흐르는 시" 제목의 시집을 한권 냈으나,
부족한 부분을 좀 더 다듬고, 새로운 시 약 20편을 추가하고 통합하여, 이번
에 같은 제목으로 개정판을 다시 출간하게 되었음을 기쁘게 생각한다.

"우리는 생활서정시인입니다"라고 머리글에서 제기한 바와 같이, 우리들 모
두는 각자 자신만의 멋과 맛을 가진 생활서정시인으로, 그 대열에 동참할 것
을 감히 제의 드리고 싶다.

우리 모두는, 짙게 드리운, 숨막히는 우리의 회색 빛 하늘을, 푸른 창공으로
바꾸고, 각박한 우리의 사회와 세상을, 각자가 자신만의 멋과 맛으로 하나씩
하나씩 채색해가며, 보다 아름답게 만들어 갔으면 하는 바램이다.

2024년 갑진년 1월
鶴儀川(학의천)을 바라보며

우리는 생활 서정(抒情) 시인입니다

우리는 생활 서정 시인입니다

사랑의 말을 주고받고
아픔을 이야기함으로

분노를 사그라뜨리며
슬픔을 달래줍니다

허전한 마음은 채워주고
기름진 영혼은 비워줍니다

상처를 내 보이고
서로 아물게 합니다

삶과 늙음을 생각하고
병듦과 죽음을 묵상함으로

허물어지는 영혼 막아주고
맑은 샘물로 채워줍니다

서로가 위로하고 의지하며
삶을 즐기며 노래합니다

영원을 노래하며 같이 기뻐하는 너와 나
우리 모두는
진정, 생활 서정 시인입니다

Contents （차 례）

Chapter I 삶안에 흐르는 시

Chapter II　사랑의 숨결

삶 안에 흐르는 시

Chapter I

삶 안에 흐르는 시

삶 안에는 시가 흐른다

푸르게 펼쳐진 아득한 바다

햇살은 따사롭고 미풍이 부니
잔잔한 파도 흰 파문 만들며
바람과 함께 일렁이는 파도
서서히 밀려든다

바람이 드세지자
파고(波高)는 높아지고
비바람 몰아치니
큰 파도 일어 격랑에 휩싸이며

폭풍우와 파도는 서로 경쟁이나 하듯
무섭게 휘몰아치며
번갯불이 번쩍인다

슬픔과 기쁨 분노와 증오가
뒤엉키며 부서지고 포말져
일렁이는 파도 속으로
깊은 바닷속으로
녹아 흘러 들어간다

모든 것을 소용돌이치게 하며
앗아가고
숨을 멈추게 하는 듯하다가는
일순, 고요해 지누나

언제 그랬냐는 듯
해님이 구름 속에서 수줍은 듯
살포시 눈부신 속살을 내보이니
햇볕은 따사롭구나

갈매기 한 떼 한가롭게 날아들며
다시 불어오는 잔잔한 바람

뒤채이며
일상으로 흘러가고 잊혀진다
아무것도 일어나지 않은 것처럼

하늘이 열리고, 닫힐 때까지
일상의 삶
그 안에는 시가 흐른다

사랑도
인생도
끊임없이 반복되고 포말지며 사라지는
파도 위 여울

한 폭의 해변가 그림
명화(名畵)

우리네 인생

그리움 따라 사랑은 흘러가고
사랑 따라 인생도 흘러가니

사랑은
우리 인생을 담는 그릇이라네
인생은
우리 사랑을 담는 그릇이라네

세월 따라
사랑 따라
우리의 삶은 흘러만 가는구나

그렇게 흘러왔고
또한
그렇게 흘러가리니
사랑을 추억으로 남기며
저 푸른 하늘 속으로

우리네 인생
앞서거니 뒤서거니
이렇게 사랑을 남기며
한 세상 살다 가는 것을

자신을 찾고파
자신을 향한
영원한 갈증 일는가

네 마음, 네 마음

하늘아
구름아 구름아
푸른 하늘에 두둥실
흰 구름아

나무야 나무야
푸른 잎새 나무야

바람아
시원하게 부는
소슬바람아

네 마음 어디에 있고
내 마음은 어디에 있니

구름 따라 한없이 한없이
흘러만 가는 거니

흐르고 흘러
결국, 하늘로 사라지는 거니

잃어버린 세월들아
사랑들이 아쉬워라

그리움만 남기는구나

카톡

카톡 카톡,

귀를 두드리고 마음을 뒤흔들며
설레게도
재촉도 하는구나
우리 심장 뛰놀게도
우리 마음 앗아도 가는구나

카톡 카톡,

많은 것 주기도 하고
잃어버리기도 하나
때로는 갈증을 풀어도 주는
양날의 칼날

카톡 카톡,

소통의 즐거움보다는
간극을 넓히기도
때론 단절시키며
갈라도 놓는구나

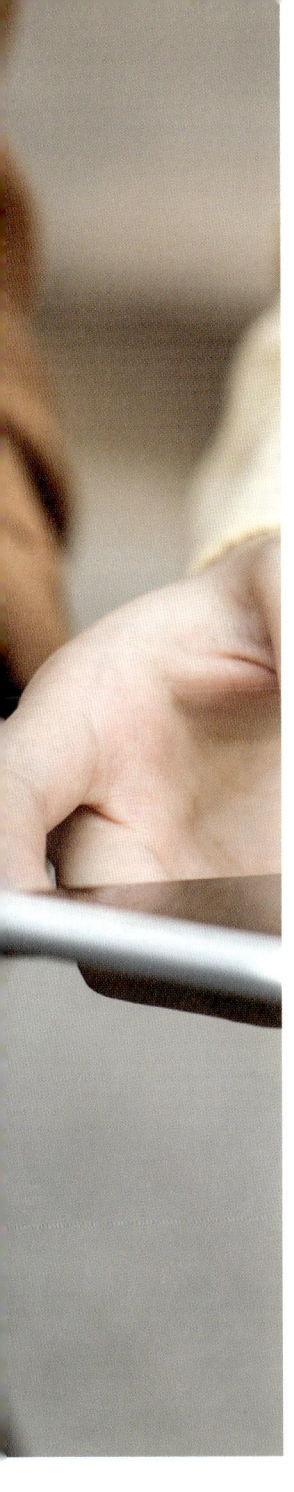

카톡 카톡,

세월은 늘어나고
영혼은 메말라 가는데
모두는 목에 걸고 스스로를 구속(拘束)하며
훈장처럼 내보이는구나
메피스토 유혹에 넘어간 파우스트의 영혼처럼

카톡 카톡,

분명, 축복의 선물일진데
카톡 없는 지난 날들이
그 언제였던가
아침 햇살처럼
온 누리에 두루 비추며
사랑의 끈이 늘 이어지기를

• 메피스토 ─────────────────
메피스토펠레스. 파우스트 박사와 계약을 맺어 그 혼을 손에
넣었다고 알려진 독일의 유명한 악마

• 파우스트 ─────────────────
괴테(1749~1832)는 독일의 유명한 시인이자 소설가 극작가
그리고 자연 철학자. 1587년 파우스트 출판

수다

밑도 끝도 없이
갈증을 푸는 이야기
주제도 내용도 구멍 뚫린
속빈 강정

아무렇지도 않은 듯
상처를 내보이기도
주기도 하며
이야기 하나

위로받고자
공허함을 메꾸고자 하는
우리네 속내

때로는 필요한 청량제요
후식(後食)이나
자칫, 가면의 연출

얽히고설킨
초점 없는 말의 성찬
정(情)이라는 허름한 울타리 안에서

양보

마음이 풍성하여
겸양하는 모습이 넉넉하니
마음과 마음이 교차되며
미소를 자아내는구나

구겨진 마음들이 곱게 펴지며
바라다보는 눈길들이
저리도 부드러워라

얽히고 설킨 실타래처럼
갈래 갈래 찢어진 마음의 파편들
반듯하게 펴지며
아름답게 피어나라

부족함으로 넉넉함에 이르는 따뜻한 온기
이슬비처럼 촉촉하게 내려
모두를 부드럽게 감싸 안았으면

인 연

밀어 넣기도
돌려치기도
당겨 치기도 하며
휘갈기듯 때리니
딱~

길게 선을 그으며
부딪치는 마주침이 경쾌하니
탄성이 뒤따르고
한숨과 아쉬움이 교차한다

기대어 바라다 보기도
엎드려 드려다 보기도 하며
엉덩이를 길게 빼고
노려보기도 하는 것이
마치 독수리가 먹이를 탐색하듯

목표를 정하고 숨을 죽이며
조절한 후
심호흡을 토하며 돌진하니

딱~
서로 강하게 부딪치는 소리에
탄성이 뒤따른다

웃음과 한가로움이 뒤섞여
마음과 마음이 만나며
실망과 위로가 교차되는구나

020

빨간 공 노란 공 하얀 공이
사각의 녹색 초원을
흐르듯 구르고 격하게도 달리며

딱~하고
서로가 서로를 뿌리치며
아쉬움을 남긴 채 내달린다
희열과 미련은 뒤로한 채

모든 것이 맞아떨어져야
만남의 연을, 이룰 터인데
그것이 순리인 것을

조바심을 앞세우기도
익숙하게 단념도 하네

어느덧 시간을 훔쳐보며 마음을 달래고
아쉬움 뒤로하며
다시 만난 날
기약해보네

전철 안 풍경

(I)

시간을 달린다

수많은 영혼들이 교차하며
마음이 앞서고 허둥대며 엉키니
마음과 마음이 부딪치네

다툼은 숨을 죽이고
삶의 갈증이 얽히며
세월이 함께하며
유행이 흘러가는 곳

여기저기 열심히 모두가 카톡 세상
사슬로 줄줄이 영혼이 꿰인 것처럼
두루마리 양피지에

욕망과 무관심이 엉켜있으며
자비와 적선을 청하고
살 냄새와 땀 냄새가 풍겨지며
삶이 탄식하고 생동하는 곳

그곳은, 전철 안 스케치

(Ⅱ)

스카프 목에 두른 아가씨의
날렵한 다리가 시선을 끄는데
경로석에 앉아 졸고 있는
노인의 얼굴은 피곤하네
안경 낀 젊은 신사의 무표정한 얼굴이 차갑고
책 읽는 젊은이의 눈은 졸리며
재잘대는 싱그러운 소녀들의 모습과 엉켜 있는 곳

늙은 구닥다리와 젊은 유행
푸념이 함께하며 시장터같이
왁자지껄

슬픔과 기쁨
분노와 체념
무표정이 함께 섞여있는
그곳은, 전철 안 모습

(Ⅲ)

그어~엉 소리를 내며 신나게 달리다
주저앉더니
흔들 흔들 덜커덩
쐐~하고 쇠소리
엔진 소리 멎는 곳에

사람들을 치약 짜 듯 꾸역꾸역 토해내고
팽개치더니
내몰라라 하고 달아난다

젊은이 늙은이 아이 어른들이
밀물처럼 밀려들며
썰물처럼 흘러나간다

땀 냄새와 살 냄새로
살아있음을 느끼게 해주고
사랑과 갈증이 녹아흐르며

삶의 애환과 세월이 함께 서려있는
그곳은, 전철 안 풍경

세월이 지나면 망각으로 흘러가는
땀 내나는 아쉬운 그리움

빛바랜 그림들
소중한 우리의 삶

명동거리

사람들에 묻혀
떠밀려
흘러간다

서양인,중국인,일본인
각국의 젊은 남녀들
파도처럼 흘러간다
빽빽하게 들어서서

젊은 몸과 마음들
부딪히며
향긋한 분 냄새와
젊은 살 냄새
마음을 곳추 세워주며
설레게 하네

형형색색의 옷
젊은 꽃들
아름답고 발랄하구나

반라의 여인들
해맑은 여린 여학생들
철 지난 옷을 걸친 몽고여인들
여행가방을 끌며
무리지어 지나가니

호객을 하는
젊은 여자점원들 목소리

귀를 때리며 어지럽구나

길 가운데 즐비한
포장마차 점포들
삶의 생동감을
불어 넣어 주는데

삶의 고달픔과
분주함이
어우러져
우리의 마음을
되새김질 한다

묻어 두었던
지난날
되돌이켜보며

아파트

(I)

키재기하며
수치와 규격으로 인품을 재단하는
좁은 속내를 가진 너는

위치와 규격에 따른 품격인가
삶의 갈증을 해갈해주는 신기루인가

주워 담을게 적은 협소한 공간만큼이나
좁은 우리네 속내

어찌 그 안에서
진정한 평안을 누리리오

때론, 눈물과 슬픔, 고통까지도
숨겨진 선물인 것을
이 세상살이 값진 삶인 것을

탐욕과 안락은 허상(虛像)임에도
고리로 연결된 우리와 너
네 이름은 아파트

(Ⅱ)

뭇사람의 바람과 선망
일확천금의 신분에서
슬럼화로도 변신하는 너
신분의 변화가 이처럼 가파르고 변화 무쌍하니
분명, 축복이라고
감사해야만 하는데

삶을 앗아가기도
눈 아래 화려하게 펼쳐 보이기도 하며
집착에 의한 삶의 갈증으로
희로애락의 친구인 너

때론, 사람보다 더 높은 데서
사람 사이를 시험하고
근본을 뒤흔드는 허망한 것
사람 마음을 허무는 허욕

그럼에도 끊을 수 없는
우리와 너
벗어나기 어려운 너의 포로 일는가
인간의 명줄을 잡고 흔들어대는 너는
분녕, 요술 방망이

안도와 안락
부질없는 교만의 뿌리는
여생에 대한 헛된 담보인 것을
참 삶에 대한 허상인 것을

그렇게 말하지 말아요, 우리

무거운 짐
이제 그만 내려 놓아요
욕심일랑 버리고, 마음을 비우고 살아요
그렇게 말하지 말아요, 우리
그건
답이 아닙니다.

이제 여행이나 다니며 건강이나 돌보시지
당신을 위한다며
그렇게 말하지도 말아요, 우리
그것도
옳은 답은 아닙니다

이 세상
그냥 사는 겁니다
자기만의 십자가를 지고 사는 겁니다
우리, 그렇게 말해요

그게
더 듣기 좋습니다
용기를 줍니다
마음을 더욱 따뜻하게 합니다

진달래 울긋불긋 핀 산기슭이나
마네의 풀밭에서의 점심 식사
밀레의 만종과
샤갈의 눈 내리는 마을을
더욱 사랑하고 싶답니다

새 봄

바람같이 보이지 않는 숨결들
하늘 아래
땅밑에
가득하다

보이지도 않고
들리지는 않으나
땀 흘리며
숨 가쁘게 변화하고
창조되며

죽음에서 삶으로 부활하는
생동하는
온갖 형형색색의 보화들

자연의 손길
지어내는
하느님의 손길

그 사랑이
참으로 따뜻하구나
충만하구나

예나 지금이나 한결같이
아름답게
활기찬 생명들로

민들레

청계산 자락
학의천(鶴儀川) 산책길

듬성 듬성 나풀대는
노오란 민들레

하늘하늘 봄바람에
몸 흔들며

나좀 안아줘요
살포시 인사하누나

친구할래 하며
외롭냐고 물으니

아니,
우린 외롭지 않아요

푸른 하늘
마음껏 날아다니며

솜털 부드러운
보름달, 둥근 사랑

사뿐사뿐, 두둥실
온 세상에 흩뿌리며

길이 길이
웃음, 전하는 일
사랑, 전하는 일

내일이니 까요
보람이니 까요

졸졸 쉬지않고 흐르는 물소리
늘 힘이 되네요.

이 땅의 봄

봄이 왔습니다
이 땅의 봄이 안개처럼
살며시 다가왔습니다

겨우내 추위에 떨며 고달팠던
우리들의 마음을 어루만져 주며

낙엽 같은 찌꺼기
차갑고 어두운 잔영들
어서 벗어던지라는 듯
포근한 봄이 다시왔습니다

노오란 개나리와 초경(初經) 빛 진달래가
숲길 틈새로 조화를 이루며
황홀하게 흘러내리고 있습니다

봄은 왔건만
마음 한구석이 여전히 겨울 땅속같이
꽁꽁 얼어붙어 풀어지지 않음은
어인 일인가요

이 땅의 방황하는 젊은이들
허탈한 가슴 안고 산을 오르는 젊은 노인들
서로 삿대질하며 다투는
우리들의 못난 모습 때문인가요

우리들의 허욕과 탐욕의 악취가
금수강산의 향기로움과
이 봄의 싱그러운 생명을
가로막고 있기 때문은 아닌가요

산과 들은 가슴을 짓누르며
아지랑이처럼 도처에서 피어나는
우리들의 한숨을 빨아드렸습니다.

우리는 자신만을 바라다보았지만
이제는
서로를 바라다보며
아파하고 사랑해야 하는데
이제는, 더 이상 수렁으로 빠져들면 안 되는데

새 쌀 돋고 생명력 넘치는, 우리 금수강산의 봄
오고 있는 것인가
진정 달려오고 있는 것인가

푸른 창공을 바라다 봅니다
모두 함께, 눈이 시리도록

이글거리는 여름

뜨거운 태양빛
눈은 부시고
마음이 뜨거워
타들어가는 마음

우리의 사랑도 마음도
구워지며
빨갛게 익어만 가는데

청량한 매미 울음소리
뇌수에, 차가운 시냇물을
상쾌하게 흘려주네

맴~ 맴~

코발트빛 하늘과 숲속 푸른빛
내 마음을, 초록으로 물들이며
풋풋한 내음이 나도록
파랗게

어느덧, 마음은 쪽빛 파도를 타고
깊은 바닷속 검푸름 속으로
시원하게 들어만 가는구나

마음과 영혼에 찌든, 먼지와 때
말끔히 씻기어지누나
맑고 깨끗하게

늦가을 소묘 (素描)

청포도 보랏빛으로 변해가는
푸른 가을 하늘 속으로
우리 마음도 익어가는데

떨어지는 낙엽은
떨쳐버리지 못한 미련의 껍질
부질없는 회한

가만히 들여다보며
준비해야 하는데

뒤돌아보며 생각하면
고독한 방랑

무심한 순환의 섭리인 것을
순응해야 만하는
질서인 것을

푸른 산과 하늘이
더욱 선명히 다가오니

자유로운 상념이
흰 구름 두둥실
나래를 편다
올가을, 유난히

가을 빛 사랑

맑고 푸른 가을 하늘
사랑하고 싶어라

타오르는 그리움들
가을 하늘처럼
푸르게 물들이고파

저 푸른 하늘바다, 노 저으며
정처 없이 흘러만 간다
바람 따라 흰 구름 흘러가듯
가을 하늘 속으로

가을 빛같이 맑고 푸른
사랑을 하고 싶구나
상상의 나래를 펴며
비록, 메마른 현실의 꿈속에서 일망정

너와 나 우리, 서로를
푸르름으로 이어가고 싶어라

시원한 가을바람처럼 맑은 마음으로
가을을 노래하는
가을 빛 사랑을 하고 싶다

고독한 회한의 순환을
기꺼이, 가슴으로 엄숙히 받아들이며

눈송이

백설기 가루눈이 하늘에서
꽃가루처럼 흩뿌리며 내려온다
은총이 소리 없이 내려온다

하얀 숨결이
하늘의 푸른빛 숨결이
살포시 내려앉으며
지상의 까만 죄들
얼룩들을
하나하나 불어주며 덮어준다

우리 마음은 채색된다
조금씩이나마 하얗게

지상과 하늘의 순백한 통로를
만들어가며
우리를 이어주는구나

어느덧 꽃잎 같은 하얀 눈은
이 세상을
순백한 모습으로 바꾸며
조금씩
천상의 모습을 보여주는구나

얼룩진 이 세상을
때묻은 모습과 마음들을
조금씩 하얗게 물들이면서
하늘에서는
받아들일 준비를 시키는구나
그 먼 옛날부터 지금까지도
쉼 없이 사랑으로

바램이며 꿈 일진데
꿈과 현실에서 방황하며 목말라하는
슬픔이 크기에
기뻐하는가 보다
눈이 오는 것을

가지고 싶어 하는
우리가 소망하는 꽃 들이기에
천상의 울림이며
사랑이기에

겨울빛 바람

쪽빛으로 물든
맑은 겨울 하늘
천상에 닿았는데

살을 에는 겨울바람
이파리 흔들어
다 떨구어내니

맨살이 드러난 나무들
춥다고 하소연하네

졸린 오후
따뜻한 황금빛 햇볕이
온 하늘에서 가슴에 쏟아지며
파고드는데

어디에서인가 불어오는
보이지 않는 차가운 바람

고슴도치처럼 우리를 움츠리게 하네
우리 몸, 성기게 하네

따뜻한 봄날 햇살
아득히 먼데

사계(四季)의 산

언제나 우리를 반겨주는
당신은
마음의 고향

연두빛 푸른 치마, 분홍빛 저고리를 두른
당신은
우리 마음 설레게 하고
분홍빛으로 곱게 물들이는
연인

초록 옷 입고
이글거리는 화덕 머리에 인
당신은
소나기를 퍼부어 도전과 정열로 우리를 성숙케 하며
때론, 시원한 그늘로 우리를 쉬게 하는
조련사

모자이크로 채색된 화려한 옷을 입은
당신은
넉넉함과 시원한 바람으로
감사와 겸손을 가르쳐주는
위로자이며

살을 에는 추위와 칼바람에도
하얀 두루마기를 입은
당신은
깨끗한 마음과 굳은 의지의 옷을 입혀주며
잃어버린 우리의 선비정신을 일깨워주는
스승

지위와 빈부
선인과 악인도
가리지 않습니다
차별하지 않습니다

하여,
분노와 슬픔
기쁨과 욕망
젊은이나 나이든 이도 모여듭니다
모두 모여들어 어울리며 하나 됩니다

인내와 침묵
땀과 성취
도전과 기쁨을
필요한 만큼 넉넉히 우리에게
보람과 상쾌함으로 나누어줍니다

때론, 무지개 만들며 어린아이처럼 즐거워하고
흐르는 계곡물에 마음을 씻으며
구정물에 젖은 영혼을 빨아
시원한 바람에 말리기도 합니다

당신은 미소를 바꿔가며
한결같이 우리를 맞아줍니다

푸르고 싱그러운 자태나
백설같이 깨끗한 옷으로
혹은, 울긋불긋 화려하게
바꿔가며 옷을 갈아입고

손님인 우리를, 항상
말없이 맞이하며 위로해줍니다

당신은 진정
우리 마음을 위로해주는 고향입니다
우리를 가르쳐주는 스승입니다
사랑으로
모든 것 감싸주는
우리의 어머니입니다

공항

헤어짐과 만남으로
기쁨과 슬픔은 기대와 회한이 되며
한 덩어리로 뒤엉켜있네

설렘은 앞서고 미련은 뒤로하며
고운 마음 미운 마음이 뒤섞여
일상이 되네

톱니바퀴 돌아가듯 예측된 틀 속에
짜임새 있게 허둥대는 모습들

금속성 굉음이 고막을 때리고
창 너머 은빛 색의 날렵한 새들은
분주히 비상하며 오르내리네
윙윙거리는 확성기 소리와
분주히 짐을 들고뛰는 여행객들 모습에
마음들이 덩달아 바빠지네

슬픔과 기쁨이 분출되고 연출되는 무대이며
이해와 갈등의 연결 통로이자
인연의 고리와 매듭이 만들어지며 풀리는 곳

현재에서 미래로 달려가며
삶을 창조하는 그곳은
이 세상 넘어 저세상으로 가는 이별을
예비하며 준비하라고 가르친다
일상처럼

언제나 떠날 준비를 해야겠지
두려움과 설레는 마음으로
걱정과 미련일랑은 뒤로한 채

하늘을 나네

와이키키 해변을 발아래 깔고
번쩍이는 은빛 날개 너머로
솜털 구름이 몰려들며
부딪히고 흩어지네

깔아놓은 솜털에 묻히듯
설원을 거니는 듯
내 마음도 하얗게 물드는데

갸우뚱 갸우뚱 솟구치며
오금이 저리도록
두 팔 벌려 시원하게 하늘을 나네

모든 시름 다 날려버리며
하늘을 나네

하얀 구름 너머
어느덧 내 마음
꿈을 향해, 날아만 가네
꿈을 이루려, 날아만 가네

우리가 오던 곳을
우리가 있던 곳을 향해

가슴 벌려 시원하게
날아만 가네

십자성 (十字星)

저 머~언 남쪽
베트남의 밤하늘

십자성 별빛 흐르고
달 빛 고요하다

빗발치는 총탄을 막기 위해
드럼통에 흙을 담아 굴리며
밤낮을 번갈아가며
고지를 탈환했던
치열한 안케 패스 전투

작열하는 포연에 뒤덮여
높은 고지는 평지가 되었네

선혈이 적시어
황톳빛 산으로 변했고
피아가 뒤엉키어
넝마산이 되었네

무거운 철모 머리에 이고
주룩주룩 비 맞으며
칠흑 같은 밀림
어둠 속에서,
섬광에 스러지던
빛나던 눈들
못다 핀 꽃송이들
핏빛 원혼들은
다 어디로 갔나

우리가 그렇게도 지켜주려 했던 자유를 찾아
목숨을 버린
수백만의 보트피풀과 원혼들

밤과 낮이 수없이 바뀐 지금
그들은 어디에 있고
무엇을 위한 것이었나

칠종칠금(七縱七擒), 맹획의 끈질김과 거친 용기는
오늘의 베트남과 다낭을 위해서였나

자유와 민주주의를 깔고 앉아
현란한 조명으로 불야성을 이룬 다낭 해변
즐비한 고층 건물들과 휘황찬란한 용비교(龍飛橋)

오늘도 교교히 흐르는 십자성 별빛은
서러움을 모르는 듯
무심하기만 하구나

• 안케패스전투 ─────────────────────────
1972년 4월 11일부터 4월 26일까지 맹호부대(수도사단) 기갑연대가
치룬 전투중에 가장 치열한 전투로 한국군이 승리했고 적 705명을
사살했지만 한국군도 173명이 전사하고 109명이 부상을 당하는 큰 전투

• 칠종칠금(七縱七擒) ─────────────────────────
제갈공명이 자기사람으로 승복(承服) 시키기 위하여 남만왕 맹획을
일곱 번 잡고 일곱 번을 놓아주었음

• 남만(南蠻) ─────────────────────────
남쪽의 오랑캐를 가리키는 말.
동남아시아 일대의 임읍, 부남등의 국가도 남만으로 분류

그 마음, 나누고 싶은

무엇이 아까우리

가진 것 다 내어준다 해도
그 무엇이 아까우리오

친구를 위하여
목숨을 내어 놓는 이
행복하다 했던가

숨겨놓은 보석처럼 든든하고
생각할 때마다 마음 따뜻해지는
그대를 위하는데

그 무엇이 아까 우리

어려울 때 기대고 싶고
기쁠 때
그 기쁨 함께하고 싶으며

슬프고 허전할 때
그 마음, 나누고 싶은

언제나 말없이 지켜보고 있는
당신
그 이름은 친구

뉘 있어 알리
영원을 함께 나누고자 하는 마음을

친구들

서너살 터울은 친구라 했던가
그리운 친구들

같이 흘러온 세월
잊힌 듯, 잊은 듯
미운 정 고운 정 물든
아름다운 세월

정다운 얼굴들

새삼스레 맞닥뜨릴 땐
함박웃음 머금으며

자네 먼저 자네가 먼저
한잔 그리고 또 한잔 권하며
묻어 둔
세월을 즐기니

살포시 피어나는 우정과 위로에
어느덧 마음은 따뜻해지며

오랫동안 사는 날까지
같이 있어주기를 바라는 마음
파도같이 밀려드는구나

우리가 사는 기름진 토양(土壤)
사랑의 거름인 것을

가슴에 머물다

있는 듯 없나니
생각인가, 기억인가
없는 듯 있는 것 같아
둘러보고 찾아보나, 보이지 않고
자취마저 없구나

사랑과 우정이 서린 구수한 목소리만이
허공에 떠돌며
귓전을 울리는데
흐드러지게 웃고 있는 진달래꽃들은
그리움에 젖은 마음을
더욱 붉게 물들이네

포말지는 파도의 여울처럼
피어나며 흩어지는 구름처럼
내 가슴에 머물다
소리 없이 사라졌네
꿈속의 모습처럼
아물거리네

사랑하는 그대여
그리운 친구여
부디, 내 마음에 그리고 우리 친구들 마음에
머무시게나

이제, 세상 일이나 미련일랑 그만 거두시고
천상에서
그렇게, 편히 편히 쉬시게나

외톨이

혼자 하지도
홀로 놔두지도 말아요
함께 있어도 혼자랍니다

다그치지도 말아요
가만두어도 흘러간답니다

옳다고 고집하지도 말아요
그대로만은 되지 않는답니다

집착일랑 놓아주고
스스로를 가두지 말아요

후회하지 말아요
그때는, 너무 늦는답니다

모든 일에는
그리고 누구에게나
다 때가 있답니다

숨이 멎을 때까지
결국, 우리 모두는
사랑에 목말라하며 타들어가는
외톨이인 것을

Chapter II

사랑의 숨결

어머니, 우리 어머니

하얀 치마저고리 즐겨 입으셨던 우리 어머니는
가냘폈습니다

조선시대 여자처럼 머리를 쪽지셨던
구식 할머니 같은 당신은
가여우셨습니다

제 눈에 비친
제 마음에 잠겨있는
어머니는, 그랬습니다

말씀이 없으셨고
자식들 기죽는다고
야단 한번 크게 치신 적이
없었습니다
당신은 늘 그랬습니다

조용히 웃으시며 바라다만 보셨습니다
스스로 깨치기만을 기다리시면서

벌이가 시원찮은 아버지 도우시겠다며
일곱 남매 잘 키우시겠다고
한 푼이라도 보탬이 되시겠다며

늘그막에 광주리를 머리에 인
시골 할머니 같은 모습이

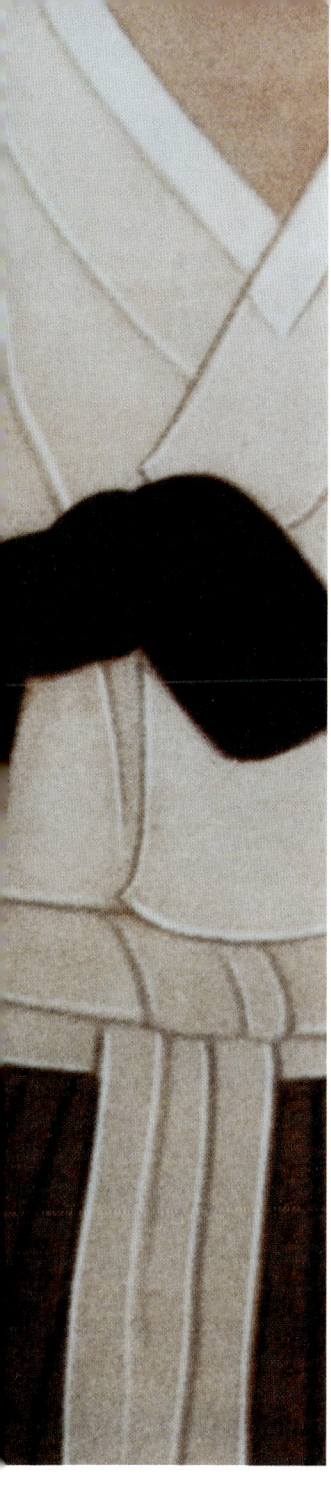

창피하였습니다
부끄러웠습니다
저는 그랬습니다

그 흔한 외식 한 번 못해드렸고
아파 누워 계실 때
보살펴 드리지도 못했으며

가장 외롭고 도움이 필요하실 때에도
당신께, 위로가 되어드리지 못했습니다

하지만 당신은
모든 것을 눈에 담고
가슴에 품으시고도
아무 말씀이 없으셨습니다
희미한 미소만 띠신 채

항상 그것이
가슴에서 지워지지 않고 있습니다

갈수록
천근만근 무게를 더해가며
짓누르고 있습니다

세월이 흐를수록
누렇게 빛이 바랜 한 장의 어머니 사진
선명하게 제 마음에 새겨지는
이유입니다

그리운 이여

그대, 마음에 그려보나
흘러간 자취만 아련할 뿐

가슴에 파고들며
뇌리에 박힌 그대 모습
지워지지 않아
지난 날들만 되뇌이네

손잡고 거닐던 은행나무 가로수는
어느덧 노랗게 물들고

가슴에 차곡차곡 쌓인 그대의 향기
배어 나와
나를 취하게 하네

바닷가 내려다보며
갈매기 울음소리에 우리 사랑 실어 보내니
긴 뱃고동 소리에 마음은 애달팠어라

백사장 거닐며
은빛 모래밭에 소중한 꿈, 알알이 박아
부딪히는 흰 파도에
우리 사랑과 마음을 씻고 씻었는데
포말 지는 여울처럼

저 푸른 가을 하늘처럼
우리 사랑 푸르게 물들였던 그대여

흰 구름같이
우리 영혼 정처, 없이 흘러만 가네

맞섬

네 안에 있는 나
내 안에 있는 너
자신들을 찾기 위해 방황하는구나

네 안에 있는 나를 보고
내 안에 있는 너와 맞추기 위해
상념은 나래를 펴며
눈금은 마음을 어지럽히니
온갖 허상에 기대어 마음을 달군다

잡히지 않는 미지(未知)의 신비와 마력(魔力)에
허욕은 부풀어 오르나
설레는 마음이
어지러운 마음을 쓸어버린다

잃어버린 짝을 만난 기쁨과 감동에
충만하고 싶구나
우리는 그것이 무엇인지를 알고 있기에

자신과 동떨어져 있는 또 하나의 자신
깨달으면
잘 맞추어질 터인데

바람을 품에 안고 별을 바라보며
서로의 마음과 꿈을, 포개는 사람이 되고 싶구나
비록 현실은
너와 나, 우리를 슬프게 할지라도

훗날, 자신들만의
아름다운 꿈을 이루기 위해

결혼식

장식된 꽃과 배열되어 있는 테이블들
조명이 잘 어우러진 아늑함

사랑의 결실이니
보는 사람조차 가슴 설레 이누나

가장 중요한 인생의 출발이며
서로 다른 인생과의 감동적인 융합이여

미지의 세계에 대한 설렘이며
새로운 마음의 다짐이여

둘이 하나가 되기 위한 첫걸음
창조의 첫걸음을 내디디며
행복과 축복의 통로를 찾고 있구나

사랑의 원천이여
용서와 화해의 실습장을
함께 만들기를 다짐하며
영원을 향한
그들만의 노래와 율동이 있으며
그 안에
믿음과 사랑 소망이 있어
참으로 아름답고도 황홀하구나

서로 다른 사람들이 모여 앉아
서로 다른 이야기를 듣고 있으나
아름답기 그지없으니
이는, 새로운 출발의 약속이자
사랑 때문이리라

비록, 사랑의 빛이 바래고
유실되었지만
그들은 알았기 때문인가
사랑 믿음 소망이 주는 꿈과
그 꿈의 아름다움을

그래서 그들은 환호하는가
그들을 통해
다시 한번 찾아보고 싶어서

꼭 꼭

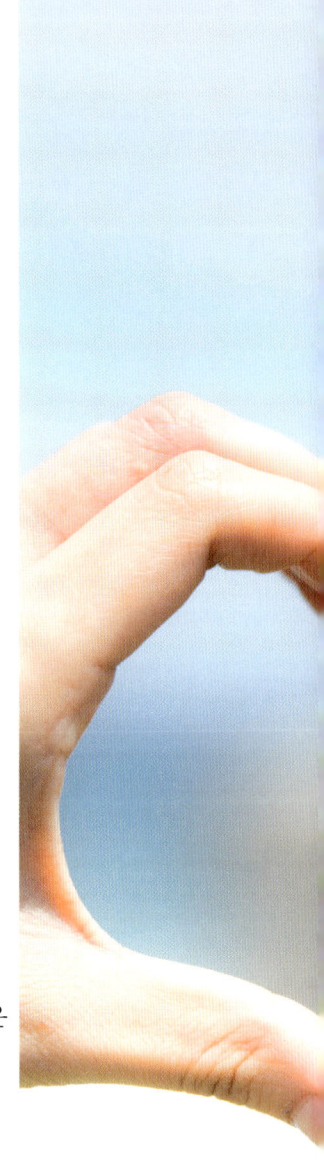

부부,
봉밀(蜂蜜) 같은 달콤함이여

영혼을 적시며
태고적부터 흘러온 울음이던가

거친 모래바람과
그 뜨거운 열기(熱氣)를 넘어선
사막의 오아시스이자 대추야자열매

시련을 딛고
쉼 없이 재생(再生)되는
생기(生氣)와 결실

눈 덮인 알프스 산자락에서
혹독한 겨울을 이겨낸
이슬 머금은 하얀 에델바이스들
함초롬히 마음에 스며드는데

명멸(明滅)하며 흐르는 밤하늘의 별 같은
수많은 커플들

흐르는 별빛과 함께
어제도 오늘도, 하염없이

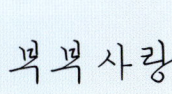

꼭꼭 사랑

부부 사랑은 저울 눈금과 같은 것인가

재지 않다가도
결국은 재게 되는, 일생을 두고 재는 저울

더도 덜도, 부족함도 넘침도 없이
언젠가는 그 눈금은 같아지는 것을

재지 말아야 하는 데도
같은 중량이 되도록 자칫, 재게 되는
우리네 심성

사랑과 희생이란
그 차이로 짓는 것을

그 차이만큼
다 줄 수 있으면 좋으련만

그리하여, 서로가 줄 게 없어
눈금이 같아지고 하나가 되면
더욱 좋으련만

마침내는, 생애 동안 이루어야 할
소망인 것을

그것이, 사랑이며 순교인 것을

당신이 있어 기쁜 나날

당신이 있어 기쁜 나날

당신이 있어 기쁜 나날이
당신 때문에 슬퍼지고
마음이 아픈 것은

당신 안에 내가
내 안에, 당신이 있기 때문이며

슬픔과 기쁨을 함께하기 때문이리

오랜 세월
사랑의 집착에 붙들려 메이었어도

세월의 푸석거림과 스며드는 바람에는
하릴없이 가슴이 시리네

얼기설기 성기어진 마음 달래며
저 멀리 산봉우리에 이르려는 마음

하루하루 보내기가 버거워
푸른 하늘 바라만 보네

숨겨지고 흩어진 마음
모아지기 바라며

두 손을 맞잡아보네

꾹꾹의 길

서로가 만나
맞추어 간
그 긴~세월

돌아보면
엊그제인데

몸과 마음
합하여
하나가 되고

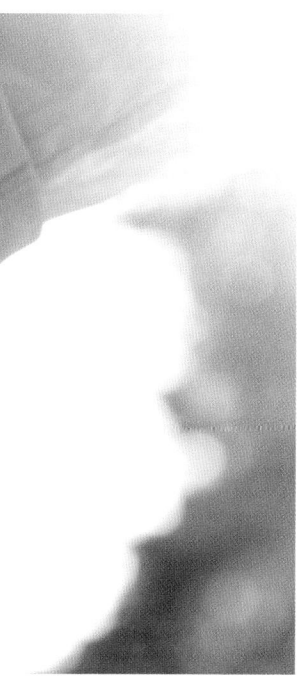

서로 사랑
아이들 사랑
이웃 사랑이었더라

존중하고 배려하며
하나되어
한 곳을 바라보나니

사랑하고 사랑하며
하나가 되어
손잡고
걸어가는 길

베풀며 살펴보고
살펴보며 베푸나니
사랑 이었어라

하늘을 바라보고
감사드리며

손을 잡고
걸어 가는 길

두 손 잡고
걸어 가는 길

청자 (靑瓷)

갓 구워낸 청자 항아리

푸른빛은 투명하고
쇠소리 팅팅 텅텅
소리도 맑았지

들여다보며 서로가
해말갛게 웃곤 했지
추워도 더워도
푸르름 만 더해갔지

어느 날 바람결에
머리카락 한 올
표면에 붙고
한 올 그리고 또 한 올

간밤에 몰아치던 비, 그친 뒤
들여다본 우리 얼굴
이지러지네
맺힌 이슬로 뿌옇게 변했네

얼룩 거울 가슴 저미며
틱틱 턱턱
맑은 소리 잃어버리니

눈 오고 비 오고
빛 바랜 성상(星霜)

단비 가슴 적시며
씻기울 날
언제일는지

영혼들, 기뻐하며
창공을 나네
청자 속 푸르름 찾아
나래를 펴내

팅팅 텅텅

공주님

우리 공주님 태어나던 날

선명하게 찍힌 붉은 발자국
이 세상 첫발 내디디며
큰 흔적 남겼지

바알간 얼굴은 천사 같았고
누워있는 천사들 중 유난히 빛났네

중압감 넘어
왠지 모를 뿌듯함과 기쁨
볼 때마다 바보같이 웃곤 했지

발그스레한 얼굴이며 작은 몸
귀여우며 예뻤지

칭얼대는 기술로 이 세상 헤쳐나가는 지혜를 배우고
옹알거리며 방긋 웃는 해맑은 천사
천지창조의 기쁨과 감동을 주며
온 우주, 그 안에 담았네.

제 몸보다 큰 금덩어리
묵직하게 항상 우리들 안에 있었지

천상의 푸른빛
비추며 이끌어왔네

나 홀로 반짝이는 그를 감싸 안으며
보이지 않는 손길 이끌어주네

아버지, 우리 아버지

우리 아버지는, 목소리가 크셨습니다
서당 공부를 하셨기에
한자 문구를 인용하시며
지혜를 말씀해주시곤 했습니다

벌이는 시원찮았고
일곱 남매를 거두시기에
힘이 부치셨으나

기죽지 않으시려
때로는, 목소리에 힘이 들어가며
필요 없는 자신감을
어색하게 보여주시곤 했습니다

칠순을 못 넘기고 가신 어머니를
그리워하시는 그 외로움
누가 알세라
남자는 그래야 하는 것처럼

당신 한쪽 팔 다리 이끄시면서도
꼭두 새벽부터 아이들 이름을 부르며 오십니다
문을 크게 두드리시며

아이들 둘러보시고, 웃으시며 만족해 하십니다
꿈결에서 아버지를 느끼며 아버지와 대화합니다

그 흔한 사랑한다라는 말씀도
하신 적이 없으십니다

화가 나시면, 말없이 술을 드시니
한잔 두 잔 세잔
감추어 둔 마음들을 하나하나 꺼내어
누가 볼세라 술과 함께 마십니다

가슴에 담가둡니다
언제 해결될지도 모르는 일들을

그런 아버지를
저는 사랑하지 않았습니다
제 안에 사랑이 없었기 때문입니다

당신이 아프실 때에도
외롭고 힘들어, 가장 도움이 필요하실 때에도
저는 그랬습니다

저만 바라보았고
다른 것에만 눈이 팔렸기 때문입니다

아이들이 있는 제가
한 번도, 아버지가 되어본 적이 없었기 때문입니다

강아지들을 씻길 때마다, 되내이며
보속(補贖)하는 이유입니다

• **보속(補贖)** : 죄로인한 나쁜결과를 보상하는 것

우리 집 강아지

짱, 재롱
우리 집 강아지
17 녀언
우리 집 식구지
아니 어르신이지

여행 가방 싸니
그 안에 비집고 들어앉아
큰 눈망울 굴리며
슬픔이 있네

머리 쓰다듬고 얼굴 쓰다듬어도
눈망울엔 눈물 가득
바라만 보네

가방 끌고 나오니
앞서서 가다
체념한 듯, 고갤 떨구네
우렁차게 짖던 모습, 어디로 가고
조용히 고개 숙여
바라만 보네

가는 발자국 소리
귀에 담으려는 듯
미동도 하지 않고 숨을 죽이며
언제 올지 아는 듯
짖지도 않네

짱, 재롱 뒤로하고 집을 나오니
식구 둘 남겨두니 허전한 마음
다시 볼 생각하며
빈 마음을 메우네

오랜만에 보는 짱, 재롱
부스스한 얼굴
털 곧추세우고
잠에서 덜 깬 듯
멍하니 바라보며
얼떨떨

다시 보니, 반가움 어쩔 줄 몰라
사슴처럼 이리저리 내 달리며
기쁨 전하네
반갑다고
어디 갔다 이제 왔느냐
하소연하네

살펴 준 것보다도
항상 더 많은 기쁨을 주는
우리 식구

짱, 재롱
우리 집 강아지

• **짱** : 17년 기르던 마르티즈 종의 강아지
• **재롱** : 17년 기르던 시추 종의 강아지

교감(交感)

가는 발자국 오는 발자국
귀 기울이며
얼마나 기다렸을까

온종일 혼자
이리 두리번 저리 두리번
펼쳐진 앞 배봉산, 멍하니 바라보며
얼마나 기다렸을까

이방 저방 둘러보아도 아무도 없는데
가는 목 길게 늘어뜨리고
하염없이 얼마나 기다렸을까

물도 사료도 맛이 없는데
무슨 생각을 하고 있었을까

주먹만 한 저 조그만 머릿속에
도대체 무엇이 들어있을까

어둠이 깃드는 겨울 초저녁
이제나 저제나 기다리며
우리 강아지, 무슨 생각 하며
누구를 기다렸을까

집에 오는 식구들을 뛸 듯이 기뻐하며 반기니
분명, 우리 마음을 알았음이라

• **아리** : 7~8년생 1.5kg 몸무게의 작은 마르티즈종 유기견(遺棄犬) 강아지

짱, 안~녕

꼭두 새벽 두시
심장 아프다 멍멍
구석구석 돌아다니기 1년
밤 지새우기 1년

같은 자리 뱅뱅 돌며
먹기 싫은 심장약 먹은 것이
벌써 1년이던가
말 못 하는 3~4살 아이 같은
우리 강아지

목욕시키고 말려주면
고맙다는 듯
잊지 않겠다는 듯
빤히 쳐다보곤 했지

주일에는 아파트 단지 산책하고
성당에도 들려오곤 했었는데
가족같이 지낸
어연 17년 세월

가진 것 다 비우며 내려놓고자
이 세상 것, 미련 끊고자
물 한 모금 밥 한 톨 안 먹으며
되돌아갈 준비 하기를 6일

아쉬움 토해내며, 거친 숨 한번 몰아쉬더니
편안히 오던 길 돌아간, 우리 짱

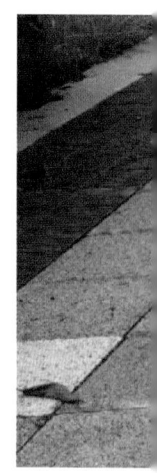

까칠한 것도 예뻤는데
죽은 모습까지도 예뻐

상자 안에 넣어놓고
온 식구 밤새 주무르기 번갈아 하니
죽어서도 사랑받은 우리 집 강아지

하느님의 피조물로
하느님 나라로 가서 편히 쉬기를
훗날, 우리 만나면
멍멍대기를 기대하며
짱이 안녕

이별을 통해
우리를 보누나
이 또한 집착이고
덧없고 부질없는 것 일진데

며느리 인사 오던 날

오랜 기간
먼 길을 돌고 돌아
이제야 찾아온
숨겨진 우리 진주

얼굴도 낯설고
말씨도 익숙하지 않은데
내 집이라 생각하고 의탁하며
잘하려 애쓰는 모습에
가슴이 아림은

어인 일인가

서로가 다르게 담겨있는 삶의 희로애락
살포시 포개지며 다가오니
예쁘고 고마워서인가

가족이라는 인연으로
서로를
사랑의 끈으로 묶었으니
바라다보는 눈길이 실로 정겹도다

창 넘어 푸른 하늘로
상념을 날려보내며
자유로움으로 마음을 비운다

둥지

이 세상 에덴동산이요
우리의 천국

부르면
자장가처럼 부드럽고
솜털같이 포근하여
잠이 오는 그곳은

지친 우리 영혼
편히 쉴 수 있는
따뜻한 아랫목 같은 고향
아름답고 자유로운 구속(拘束)

혹독한 겨울
칼바람 시달리며
정처 없는 방황
이제는 끝내고
우리만의 고향으로 돌아가리

하늘과 땅이 있는 그곳으로
우리, 이제는 돌아가리
돌아가야만 하리

저 먼 태고적부터 울음 울며
우리 아버지들이 해 오던 대로

태산준령(泰山峻嶺)을 호령하는 강인함도
삶의 거센 풍파에 지친 몸도
쓸어 담아 녹이는 용광로요
항상 생기를 충전해주는
우리들의 고향, 우리의 낙원

사랑의 굴레

동그란 원

한 발짝 벗어나면
떨어질까
넘어질까
두려워
안달을 하네
들어오라며 목메어 불러도 보네

안에 있으면, 나가고 싶고
밖에 있으면, 들어오고 싶은데
안에 있으니
답답하여
배려하기보다는
서로 밀어내면서

안으로 들어와
하나가 되어야
더불어 굴러가기 쉬운 것을
이루어지는 것을

보금자리도 원이요
함께 어울리는 둥지도 원이며
하나뿐인 이 세상까지도
사랑의 둥근 원인 것을

원 안에 있으면
하나가 되지만
나가서 흩어지면
언제나 외톨이와 떠돌이

뭉치어 하나가 되어야만
뒤엉켜 넘어져도
원안의 구슬들은
자신의 길을 구를 수 있을 텐데

안으로 들어오면
편안하고 아늑한데
믿음과 소망 사랑이 있는 그곳이
창조주의 섭리인데

세상 사 모든 것
이렇게 흘러왔고
또한, 그렇게 흘러가는 것을

갈등

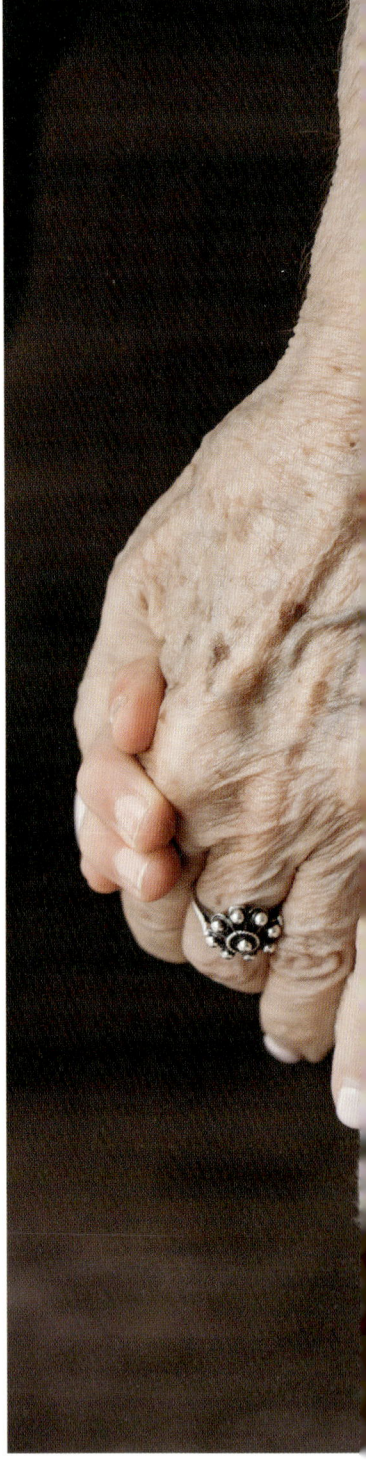

사랑에
목말라라
메마른 영혼들

파도처럼
밀려드는 갈증에
타들어만 가네

손을 잡아주면
좋았으련만
두손 잡아주면
더욱 좋았으련만

해야 할
하지말았어야 할
후회와 아쉬움

가지런하지 못했고
제자리에 없었던
반듯하지 못했던
탄식과 뉘우침

자책의 폭풍 속에서
헤진 상처들의 아픔

식구들 탄
돛단배 하나가
심하게 일렁였을 때

마음들은 부서지며
흩어지니
길을 잃어버렸네

수풀가 잔잔한 샘물
돌아온 봄날의
따스한 손길

갈증에 목이 타며
거친 풍랑에 지친
식구들 마음을

촉촉히
샘물로 적셔주었다면
좋았으련만
아쉬움 일런가

애틋했던 바램
어느덧
진정되며

한줄기 빛을 향한
우리의 소망들

飛翔(비상)을 하네
아름다운 꿈을 향해
나래를 펴며

그대, 그리워지네

그대, 그리워지네

그대 가는 곳마다
그리움 따라 가네

그대 곁에 있는데도
그리움은 지워지지가 않네

당신도 그러하신가

스산한 바람에, 노오란 단풍잎 우수수 떨어지며
오늘따라 하늘이 파랗네
사는 게 버거울 때에도 그리워지네

당신도 힘들 때 그러시겠지

먼 발치
화려하게 물든 가을 산 단풍
마음이 시리네

이전에는 몰랐었는데
이제야 새삼스레 가슴에 묻히네

당신도 그러시겠지

바람이 차가우니
곧 겨울이 오려나 보이
채워지지 않는 그리움 있네, 오늘따라

당신도 그러하신가

우리 마음은
모두 그리움에 묻혀있네

세상에 한눈 팔려
서로를 잃어버리는 사랑과 슬픔

헤아릴 수 있어야 할 텐데

여인이여

주름에는
숨겨진 추억과
세월의 고랑이 선명하고
조각되어 꿈틀대는
삶의 굴곡이, 엄숙하구나

삶의 냄새가 배어 나오는
커피향 여인이여

아직도 젊은 시절 거닐던
숲속의 아카시아꽃 향기를 못 잊어하는 듯
눈길은 젖어있네

삶의 영상이
필름으로
하나하나 저장되어
쌓여있는
커다란 눈

삶의 온갖 향기와 냄새를
음미할 수 있는
오뚝한 코

아름다움을 노래하면서도
거친 죄를 베어 무는
연 분홍 입술
가슴 설레며 다가오는데

곧추세우고 말이 없는 귀는
무엇을 듣고자
목말라하는가

이 모두가 함께 어울려 연주하는
살아 숨 쉬는 장엄한 오케스트라요
창조와 희생의 주체인, 당신

세상살이로 수심에 잠긴 당신이
그 숭고한 의미를 일깨우기를
아직도 애타게 기다리는
은총의 손길이 따사롭구나

생명의 흐름을 타고 펼쳐지는
삶의 여정에서

단아한 너의 자태
살며시 포개어 감싸 안아
삶과 사랑을 늘리고도 싶구나

풍요롭고도 아름답게 녹아 흘러들어
하나가 되는 사랑이라면
더욱 좋으련만

비워도 지워도, 채워지지 않는
침묵의 갈증은
예나 지금이나, 흐르고 있구나
우리 가슴에

어느 믿음의 일상

여기저기 다투고 할퀴는
소리 없는 고성과 침묵
갈등은 몰아치는데

사랑한다는 사람들이
사랑하겠다는 사람들이
당신을 위해서라며
우리 모두를 위해서라며

너와 나, 우리 모두의 가슴에
서로 돌멩이를 얹고 있네
묵직하게 하나 둘 셋
켜켜이 싸여진 탐욕과 이기심
교만이라는 두꺼운 자신들의 껍질 위에

허욕에 탐닉하여
정신을 뺏겼나
영혼을 팔아버렸나
양피지 두루마리에

달콤한 죄에 매이고 허상에 휩싸여
한눈팔며 진실을 외면하고
눈을 감아 버렸네

도처에 흩어져있는 예수그리스도의 조각들을
주워 담지도 아니하고
밟고 팽개치며

너와 나 우리는, 담을 쌓은 채 서로를 모른체하며
변명의 장막을 치고
그 안에 숨어버렸네

용서를 할 줄 알아야
용서받고
사랑할 수 있으며
주님을 뵐 수가 있는 것을

그럼에도
머리와 눈은 하늘에 두고
은총의 통로에 앉아
은총을 먹으면서도
은총의 흐름을 가로막고 있음을 모르고 있네

한 형제이므로
서로가 사랑한다고
사랑해야 한다 말하며

평온 중에 덫에 빠지고
곤경 중에 자비를 부르짖으며
이를 반복하는구나

우리네 심성
우리네 일상

· 은총 : 하느님께서 인간에게 무상으로 주시는 선물

튀르키예 기행(記行)

(Ⅰ)

중동과 서양의 문물, 문화가
용해되어 어우르고 닦이며
분출하고 있구나

오스만제국의 용맹과 거친 냄새와 흔적이
도처에 흥건히 배어 있어
이슬람 문화가 뼈대를 이루고 있으나

곳곳에 성기어있는 그리스도인들의 피는
이슬람 제국의 찬란한 자존심과 용맹함을
깔고 앉아 있구나

이슬람 세계에서 유럽을 완성하고자 하는 너
유럽에서 이슬람 세계와 화해하고자 하는 너는
동·서의 갈등과 탐욕을 가졌구나

유럽을 향하여 머리를 두고
몸은 전통적인 이슬람문화에 젖어 있으니
미련을 떨치지 못한 채

맥주와 와인, 농산물로
먼 옛날 인류를 부양하기 시작함으로써
카파도키아의 자존심으로 세계에 우뚝 선 너

살기 위해 숨어 기도하고
천년의 생명을 이어온
보석 같은 하느님의 진정한 자녀들

아직도 이교도의 함성과 노랫소리에
숨죽이고 인내하고 있음은
후일을 기약함인가

삶의 은신처이며 비밀기도 모임 장소로
그리스도인들의 절규와 피가 얼룩지고
처절했던 당시의 숨결이 베어있는
카파도키아의 지하 동굴들

젖무덤 같은 수많은 버섯 케이브들과
광활한 포도농원이 발아래 펼쳐져 누워있는
괴레메 지역의 푸른 창공에는
형형 색색의 수많은 벌룬들이
넓게 넓게 아침 햇살을 따라 퍼져만 간다
네가 못다 이룬 꿈을 쫓아서
흰 구름 따라

이름 모르는 새들의 지저귐은 천년을 가르고
코발트빛 맑은 하늘 역시 한가로운데

옅은 포도주 빛 석양이 주변 버섯 산들을
우리 마음과 함께 곱게 물들일 때
버섯산 내부 동굴 성당의 예수 성화에
빛이 꽂힌다
마치 병사의 예리한 창처럼

(Ⅱ)

괴레메에서 파무칼레를 향하는 버스에 몸을 맡기자
한 줄기 빛이 되어
길게 어둠을 가르며 질주하는
파무칼레를 향한 10시간의 여정

클레오파트라가 한때 목욕을 즐겼다던
파무칼레 노천온천탕과 원형극장
기둥 몇 개 남은 아폴로 신전

웅장하고 호화로웠던 궁전의 잔해들은
아직도 광활한 평원을 호령하는 듯 하구나

에게해를 끼고
그리스를 마주하고 있는 보드럼

평화로운 보드람 비치와
역사의 숨결을 간직한 보드럼 성
부두에 정박한 호화 요트들과
분주한 부둣가 관광객들은 무심도 하다

중세 신앙의 수도이며 중심지
콘스탄티노플
그 찬란했던 영화를 되새기며
서글퍼하는 너, 이스탄블

보스포러스 해협이
아시아와 유럽을 갈라놓았으나
갈라타 다리만이 동·서의 마음과 갈증을 이어주는구나

유람선을 따라 이스탄블 해협 좌우로
해안가에 즐비하게 흐르는 찬란한 유적들
주변을 에워싸고 그리스도인들을 위협하는
웅장한 모스크 사원들

아~천년이 하루 같은 것을
오스만제국의 영화 또한 한낱 꿈인 것을

이 세상의 모든 것
이 또한 다 지나가리니

순환되며 소멸되는
사랑과 자비의 질서인 것을

허리를 펴고 고개를 들어
푸른 하늘을 바라다본다

상념을 떨치자
하발리 마니 공항을 뒤로하고
창공을 가르며 힘차게 날아간다
번쩍이는 은빛 날개와 함께

- **오스만제국** : 1299년~1922년(623년간 존속) 현대 터키공화국의 전신인
  세국. 오스민 투르그 제국
- **카파토키아** : 터키 중부 아나톨리아 중동부를 일컫는 고대 지명
- **괴레메** : 터키 카파 도키아에 위치한 도시
- **파무칼레** : 터키 남부 데나즐리주에 있는 고대 도시 유적, 석회층으로
  이뤄진 터키 남서부의 온천지대
- **보드럼 성** : 15세기 십자군에 의해 건축된 보드럼에 있는 성
- **이스탄블** : 1,000년 동로마제국, 500년 오스만 제국의 수도였음
- **보스포러스 해협** : 이스탄불의 아시아와 유럽을 구분하는 경계선임
- **하발리 마니 공항** : 이스탄불 아타튀르크 하발리 마니 공항

어느 형제의 성묘

검은 넥타이에 검은 양복
어느덧 하얀 뒷머리
우리 동생
검은테 안경 쓰고, 한 손에 든 검은 가방
십자가와 향, 초, 북어포를 넣었지

뒤뚱뒤뚱 힘겹게 올라가며
내 팔을 잡고 턱에까지 몰아쉬는 동생의 숨소리
마음을 에이는데
하루를 일 년같이 사는 우리 동생

아버지 산소에서는
기도 소리 컸으나
어머니 묘소에선
소리를 삼켰지

수십 년이 지난 지금도
불효를 용서해달라며
알아듣기 어려운 어눌한 말투
눈에는 이슬이 맺혔네

내려오는 비탈길
늘어선 벚나무의 하얀 눈꽃이
눈처럼 흩날리며 뿌려지는데

뒤뚱뒤뚱 내려오며 쉬엄쉬엄
형 손 꼭 잡고
이얘기 저 얘기
두런두런

요리조리 키 재고 뽐내며
하루를 사는 우리네들
형제 자매라네

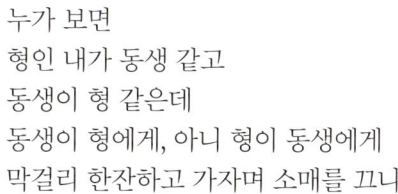

누가 보면
형인 내가 동생 같고
동생이 형 같은데
동생이 형에게, 아니 형이 동생에게
막걸리 한잔하고 가자며 소매를 끄니

뒤뚱뒤뚱 쉬엄쉬엄

동동주 한잔 따르며, 마주 앉은 형에게
형 얼굴이 요즘 무척이나 수척해보인다는 동생
바라다보는 형의 눈길이 시리네
동생의 눈길도 젖어있네

소중한 형제

결국, 에뜨랑제

(Ⅰ)

낯선 지역의 타인이니
아는 이 하나 없고
모든 것이 낯설고 어색하네요

언젠가 이웃들 사라지고
주변 친구들 하나 둘 사라지면
이방인이 되겠지요
젊은이들 사이에 낀 노인처럼

전철 안에도
흘러가는 길거리에도
주변을 둘러봐도
아는 이 하나 없어요
또래조차 보이지 않는군요

허전함은 파도처럼 밀려오고
외딴섬에 고립되어
외로움에 빨려 드는 영혼입니다

옛부터 흘러온 울음이며
이 세상을 마감하는 절규입니다

(Ⅱ)

비록 부족해도 함께해야 하는 것을
곁에 있을 때에는 몰랐는데

다투고 싫어했어도 함께하고
미워했어도 함께했어야만 하는 것을
굳이 사랑한다는 말 하지 않더라도

친구와 형제 이웃들까지도
모두가 고마운 것을
하물며, 사랑하는 가족과 사랑하는 사람이야

창조주의 크신 능력은 모든 것 앗아가고
우리를 외롭게 하는 것 일 진데

사랑으로 그 외로움을 감싸 안음이
영겁을 두고 이어지는 섭리인 것을

우리는 사랑에 목말라하며
정처 없이 흘러가는 나그네

결국
우리 모두는 이방인인 것을

숨겨진 사랑

때가 되니
혼자 걷는 일이
많아지더이다

이는
준비시키는
보살핌이니
서러워하지 말아요

훗날
먼 길 떠날 때
외롭지 않도록

베풀어 주시는 사랑이니
애달파 하지도 말아요

결국, 혼자인 걸요

때가 되면 알 터이니
너무 섭섭해 하지도 말아요

훗날
그리움과 사랑을
알려 주며
키워 주려는

하늘의 뜻 인 걸요

바람에 매달려 춤추며
햇빛에 화사한
노오란 개나리의 소중함을

그 때는 알게 되리

아무리, 옆을
뒤를
그리고, 앞을 보아도
나 홀로
걷고 있더이다

그것이
나인 걸요
아니, 우리인 걸요

우리를 위한,
깊은 사랑인걸요

회귀 (回歸)

우리, 즐거워 하리라

이 세상살이
모든 업(業) 마무리하고
미련 남아 있으나

새로운 세상 건너 가리니
즐거워 하리라

이 한몸 추스리고
식솔 거느리며 힘들었던
고된 여정

모든 애착과 희로애락
뒤로하며
땟국물 찌든 껍데기
훌렁 벗어 버리니
홀가분한 마음

깨끗히 씻겨진
몸과 맘, 알몸으로
건너 가리라

왔던 곳으로
다시
돌아가리라

새로운 세상으로
나아 가리라

빛과 사랑이
넘치는 그곳

그리운 얼굴들
환한 미소
가슴에 묻고

하얀 벗꽃
눈처럼 흩날릴때
새소리 들으며

창조주의 품에
다시
안기리라
편히쉬리라

사랑과 축복으로 태어난
한 생명

무거운 짐 풀어놓은후
천둥 울음울 때

천사들 영접받으며
그 막을 내리리라

Chapter Ⅲ

자신을 찾아서

영혼의 숨결

깊은 산 계곡에 흘러내리는
맑고 차가운 물

물속과 표면이 흔들리며
햇볕에 모래 알까지 훤히 비치는
투명한 물

아이들의 깨끗한 영혼 같은 물
부드럽게 감싸고 흘러가며
우리를 씻어주는 마음

자연의 숨결

파~아란 가을 하늘과 하얀 새털구름
잎새에 아롱진 이슬방울과
아름답게 물든 단풍잎
시원한 가을바람은

모두가 같은
창조주의 입김이 베여있는
사랑의 숨결

우리가 잃어버리기 쉬운
고이 간직해야 할

영혼의 숨결

마음의 손길

넘실대며 사각거리는
백운호수 가 억새풀

찬 바람에도
피어난
황혼 녘, 갈꽃 무리

석양에 붉게 물든
한쌍의 젊은 연인

코비드(Covid) 칼바람에
이리 저리 나부끼며

휘둘리는 갈대들의
텅 빈 가슴

두손 꼭 잡고
서로를 바라보는
이슬 맺힌 눈빛

마주 앉아
가슴에 손을 얹이
어루만져 주는
따스한 마음의 손길

순간에서 영원을
노래하는가 보이

저 너머 그리움

저 산 너머
누가 살길래
푸른 마음, 펼쳐져 있나
아마도
꿈을 꾸는 사람들이
모여있기 때문이리

서산마루 노을 저 건너에는
누가 살길래
석양빛 햇무리, 펼쳐져 있나
아마도
새색시 연분홍 꿈
주렁주렁 열렸나 보이

바다 수평선 저 너머
누가 살길래
붉은 노을, 우리 마음 설레게 하나
아마도
흰 돛단배 탄 연인의 꿈
익어가기 때문이리

땅거미 진 저 산 너머에는
누가 살길래
밤하늘 금가루, 뿌려져있나
아마도
우리 아이들 꿈 담아
하늘 넓게 수놓았나 보이

우리네 염원 다다르는 곳에
우리 마음 모아 지누나

저 너머 높은 곳으로

아~가을, 너 러 운 아쉬움 인가

울긋불긋
길거리 낙엽들

모자이크로 채색된
고즈넉한 낙엽 진 거리

걷고들 있구나

스산한 가을바람
솔솔 부니

형형색색
떨어진 빛 바랜 잎들

흐트러지며
뒤집히고 쓸려가느니

마치,우리네 모습

서로 다른 훈장처럼 빛나던
사라져 버린
찬란한 젊은시절의 흔적들

푸릇 푸릇
한껏 꿈을 머금은 잎새들
비 바람과 뜨거운 햇볕으로
숙성되며
아름답게 채색되었는데

112

천상의 빛깔, 고움도
때가 되니 떨어져 버리는
서러운 인고의 흔적들과
세월의 아쉬움인가

열매 맺고는
떨어져
어느덧 빛 바랜
꿈들의 찌꺼기들

못 다 이룬
널부러진
아름다웠던 꿈들의
파편 조각들

떨어지고, 묻히어
사라질 날
준비하는데

보여주고
알려주는 것 일진데

아니, 벌써 그런 나이

당신,
아프지 말아요

친구여, 형제,자매여
아프지 말아요

아프면 서러워요

우리 벌써
그런 나이가 되었네요

우리 모두
아프지 말아요
아프면 슬퍼져요

걷는 길
달라도
가는 길은 같답니다

우리 모두,모여 모여
결국,
같은 길을 간답니다

그러니,
너무 서러워하지 말아요

우리가 가야할 길
꿈길, 꽃길

꿈결같은 세월
흘러 흘러
어느덧
가을이 다가 왔네요

우리 몸도,마음도 흐르며
이제
모든것, 바라 보네요

당신, 아프지 말아요
아프면 서러워요.

예쁘터 그렇게

좋은 말을 하기는 쉬우나
이루기는 어렵고

바램은 앞서나
미치지 못하는 법

좋은 글은
차고, 흘러 넘치나

마음은
글을 따라가지 못하니

뉘 있어
그 큰 틈새
메꿀 수 있으리오

심기 어지러우니
침묵할까 하노라

이 세상
그러려니, 해야 하는 것을

따스한 눈길과 미소
주고 받는 사랑만이

쌓여온 성상
그나마
위로가 될 수 있는 것을

빛과 그림자

빛으로 인한
어둠과 밝음인가

어둠을 껴 안고 있는
너
그림자여

태초부터
우리와 함께 이어 온
선과 악의 모습 이던가

빛을 얻고자 했던
태고적 시련과 울음은
인류 흔적의 발자취 되고

人間史
명암이며
굴곡이 아니던가

찬사와 비난
발전과 쇠락의 모태
그 씨앗이여

흥망성쇠의
변화인가
순환 인가

이는,
우리 눈의 프리즘
아름다운 채색과 씰루엣

아무것도 없었던 본래의 모습
순환과 반복의 흐름

이는
섭리적 현상
창조주의 사랑

인생은 바람일런가

모든 것
바람이어라

기쁨도 슬픔도
분노와 증오도
지나보면
내 안에
우리 마음 안에
이는
한갓, 작은 바람이어라

우리의 삶도
지나가면
스치는 생각

바람이 한번 불면
모든 것, 흩어지니
모든 것은
바람이어라

흙에서 나왔으니
흙으로 돌아갈 우리
바람이 불고 지나가도
나무와 숲
정원은
그대로 일 진대

바람이 한번 불면
돌아올 수 없는
꿈이어라

무념무상 (無念無想)

무덤덤히 흘러가는
세월의 강

몰아닥치는 거친
코비드 격랑에
일엽편주(一葉片舟)라

지푸라기 잡는 심정으로
매달리니

욕망이나 헛된 꿈 따위
품을 겨를이나 있었겠는가

가진 자나, 없는 자
나이든 이나, 젊은이

인생사, 한 줄기 바람인 것을

토담집 위에도
궁궐 지붕 에도
걸린 보름달
환하게 비추니

예와 같이
처연(悽然) 하도다

은은히 들려오는
산마루 풍경소리
시원한 바람

헤어지고 아픈 마음
추스리며 씻으니

푸른 자연과 하나 되며
어느덧
꿈을 꾸는 도다

조약돌 하나

적막한 해변

하얗게 빛나는
조약돌 하나

들며 날며
물쌀에 씻기운지
어언 70년

햇볕에 그을리며
폭풍우
비 바람도 치는데
지칠줄도 모르고

반들반들 씻기운지
그 언젠인데

아직도
모서리 남아 있네
모래 가운데 파묻혀

살포시 적셔지는
잔 물결

하얀 마른가슴은
어느덧 촉촉히 젖어
다시 물결에 잠기는데

그리곤, 다시
메말라지는데
뜨거운 태양 밑에서

꿈쩍도 하지않고
앉아있는, 너는
침묵하며
앉아있는, 너는

무엇을
바라보며

생각하고 있나
소망하고 있나

그리 애가 타도록
하염없이

저 머언 하늘
날고 있는
갈매기 한쌍

한가로울 뿐이네

나홀로 주인공

사시 사철
아름다운 빛깔로 채색된
별빛 세계
이 세상, 우주

나 홀로
주인공 인 것을

각자의 우주
사랑으로 열리나
때가 되면, 닫히는 곳

형형색색의 서로 다른 빛
그리고, 그림자
어우러져
아름답게 조명되는 이 곳은
우리들 세상
우리의 무대

무대에서 보이는
가리어 보이지 않는
유혹과 탐욕
갈등과 혼돈은
파괴와 창조의 순환

조화의 섭리
조물주 마음

소용돌이
그 깊은 심연에는
인내와 희생
사랑과 창조가
흐르고 있는 것을

우리 모두는
아름다운 이 무대에서
각자가 주인공인데
나 홀로 인 것을

이 세상 끝날 때 까지
맞추고
맞추이며
연기해야 하는
고독한 연기자 인 것을

사랑은

사랑은,
참고 기다립니다
친절합니다
시기하지 않고 뽐내지 않으며
교만하지 않습니다
무례하지 않고
자기 이익을 추구하지 않으며
성을 내지 않고 앙심을 품지 않습니다
불의에 기뻐하지 않고
진실을 두고 함께 기뻐합니다
모든 것을 덮어주고 믿으며
모든 것을 바라고 견디어 냅니다
("고린도전서 I 서 13장 4~7절")

사랑은,
둘이 서로 서로가
하나 되고 싶은 것

생각만 해도 좋고
헤어지면
애틋하고 쓸쓸한 것

고통과 슬픔
기쁨이며 보람이고 희생인 것
무한한 갈증이자
흰 여백

우리 삶의 목적이며
삶 자체가 아닐까

사랑은,
해가 뜨고 지고
눈과 비가 오며
바람 불고 낙엽 지는
자연의 숨결이며

죽어가는 모든 것들의
순환과 조화이니
나와 우리 자신이요
온 우주, 그 자체

하늘이 열리고 닫힐 때 까지
가닥으로 온 것을 목말라 하며

십자가 지고
다다를 수 없는 그 길을 따라 가는 것
그럼에도 가야만 하는 것

그리히어
사랑은 너무 아름답고
가슴이 벅차
이룰 수 없음에
슬퍼서
눈물이 나는 것인가

비, 바람 소리

몰아치며 들려오는
저~비바람소리

처마 밑 창 두드리며
윙윙거리며 밀려오는
차가운 바람소리

그대는
어둠속에서 나마
듣고 있는가

실려 오는
연인들의 속삭임과
젊은이들의 한숨을

지난 날을 아쉬워하는
노부부의 근심서린 한탄을

실려오는
노목사의 애국어린 기도소리와
간구를

그대는
듣고 있는가

흐느낌과 통곡
부르짖음이
바람결에 흘러들며
우리 영혼, 뒤흔드니

130

텅 비워진 뇌수는
여백을 채우며
어느덧
새 기운을 채우도다

그대는
바람이 전하는
흐느낌과 통곡
부르짖음을
알고 있는가

전하고자 하는
하늘의 뜻을

허기져 신음하는
이웃의 아픔을

바람의 울음소리가
들리나이까
당신에게는

창 문 두드리며
울부짖고 흔드는
절규하는
비바람 소리

처절한 통곡인가

노블레스 오블리주

적선과 동정도 아니며
남아서도 아닙니다
희생이며 사랑이고, 평화입니다
아니, 정의이며, 목숨의 대가입니다

입대가 불가능한 시력으로도 자원했던
트루먼의 마음이고
솔선하여 참전했던 케네디의 마음이며
한국전에 아들과 함께 참전하여
스스로 목숨을 내어 놓은
워커 장군의 마음입니다

우리 사회의 알려지지 않은
작은 영웅들과 의사(義士)자들의 마음이고

안개 자욱한
알링턴 국립묘지와 동작동 국립묘지에서
오열(嗚咽)하는 이들의 눈물이며

잃어버린, 우리의 소중한 선비정신입니다

우쭐대며 흉내 낸다고 할 수 있는 것도 아니며
모든 것을 다 가지려는 마음은
더더욱 아닙니다

소중한 것을 내놓으려 하는 마음
그것이
노블레스 오블리주입니다

깊은 산속에 흐르는 시냇물과
시원한 가을바람

히말라야 고봉을 감싸 안은
하얀 눈 같은 자태입니다

우리의 구원(救援)입니다

트루먼

해리 S 트루먼. 제33대 미국대통령(1945~1953).1884년 미국
미주리의 농가에서 태어나 대학가기가 어려워 사관학교를
지망하였으나 눈이 나빠 좌절된 후 철도회사를 거쳐 할머니 소유
농장일 맡아하던 그는 제 1차 세계대전에 참전하였음. 신체검사에
합격하기 위하여 시력검사표를 달달 외어서 군에 입대하였음.

케네디

미국의 영웅 케네디대통령은 해군에 들어가 남태평양 전투에서
큰 부상을 입었고, 그로부터 얻은 통증으로 인해 평생동안
진통제와 각성제로 살았다 함. 케네디는 척추부터 창자까지
성한데기 없었지만 육군 장교후보생 시험, 해군장교후보생 시험에
줄기차게 도전했으며 퇴짜를 맞자, 억만장자인 아버지께 애절한
편지를 써서 아버지를 설득, 아버지의 도움으로 입대하였음.

워커장군

월턴 워커. 미국의 군인으로 텍사스주 출신. 아들과 함께 한국전에
참전했고 스스로도 목숨을 잃었다. 당시 중공군의 인해전술에 밀
려 고전하던 미 24단의 큰 전과를 독려하고 동 사단에 근무하던
아들에게 은성무공훈장을 달아주려고 오다가 문산-의정부간 도로
에서 순직하였음.

리모델링

푸른 하늘에서 새처럼 비상하는 자유
사랑으로 부드럽게 잡아가는 정의
마음속 깊은 곳에서 끓어오르는 진리

너, 활화산이여
우리 마음속에 불을 댕겨
활활 타오르게 하소서

세월 따라 바래버린 누런 종이처럼
힘없이 구겨져 숨어있는 꿈을
깨워주소서
펴게 하소서

파릇파릇한 저 초원의 푸른 생기를
정수리에 퍼부어
젊음을 노래하고, 삶을 고뇌하며
성취해가는 꿈을 꾸게 하소서

그러한 꿈과 불타는 마음
잃지 않게 하시고
우리가 걸어온
고단했던 오천 년 장강의 긴 세월
바로 보고, 오늘에 되살려
끊임없이 열정적으로
나아가게 하소서

하늘을 이고, 백두 태백 준령을 호령하는
기개를 일으켜 주시어

우리 모두의 꿈을 위해
다시, 포효하게 하소서

너, 침묵 하는 바위여

천년을 하루같이
하루를 천년같이

미동도 않은 채
표정 없이 인내하며
지켜보기만 하는 너

황금빛 개나리와 초경(初經) 빛 진달래
이글거리는 태양 볕과 우수수 떨어지는 낙엽
휘몰아치는 칼바람에도 아랑곳하지 않으며
한결같은 침묵으로 영원을 노래하네

희로애락 바람결에 흘려보내며
안으로 안으로만 우뚝 서 있네

땅이 움직이는 지진에도
천둥 번개 몰아치는
비 바람에도
꿈적도 않고

누구를 위하여
무잇을 위하여

우리네 마음
우리네 얼굴

아~ 우리 어머니

(Ⅰ)

소리 없이 비가 옵니다

얼굴로 흘러내리며
마음을 타고 스며들며
영혼을 적시니
애타는 우리의 갈증을
해갈해 주려는 듯

소리 없이 흘러내리는 하늘의 눈물

생기 복 돋우고 찌든 때 씻어주시려는
어머니의 눈물이며
우리를 어루만져주는
하느님의 사랑인가요

우리는 피하려
한사코 피하려만 합니다
받아들일 준비가 아직은
안되었기 때문인가요

목이 마른 흰 목련은
전하지 못한 하느님의 사랑을
소망하는 우리의 하이얀 꿈 들을

꽃 잎 하나하나에 담아 정성껏
바람에 날려 전합니다

(Ⅱ)

한 방울 또 한방울백두에서 한라까지
작은 빛방울 모여 큰 물줄기 이루며
고난과 곤궁의 오랜 세월을 가슴에 묻은
어머니의 눈물입니다

일제의 암흑기 딛고
광복의 기쁨 채 가시기도 전에
허리 동강 난 우리 형제들의 아픔에 대한
탄식의 눈물은
온 몸 바쳐 일궈낸 기적으로
선진국 대열에 서니
기쁨의 눈물이 되었으며

우리 화랑의 후예들이 풍류를 즐기며
온 천하에 자랑스러운 문물을 알렸는데

어머니, 우리는 위대했습니다

기해(己亥)년 봄
주룩주룩 오는 비는
이제 다시, 우리를 염려하어
쉼없이 흘리는 어머니의 눈물이 아닐까요
이래서는 안된다며

구비구비 엮이어진 모진 아픔들 되살리며
우리의 영광을 위해
다시 가슴에 묻습니다
이래서는, 정말 이래서는 안된다며 흘리는
어머니의 통곡을

이음의 타령

가세 가세
이 길로 가세

이 세상 그 누가 실용만인가
합리만인가
이 세상 어느 공동체 있어
합리만인가 실용만인가

합리적(合理的) 실용이나
실용적(實用的) 합리
너와 나, 우리 모두 같이 가야 할
길이거늘
나침판인 것을

이 길로 가면
당할 자 뉘 있을까

합리적 실용이나 실용적 합리
이 안에
앞으로의
우리의 형편과 앞길이 달려있네

가세 가세, 이 길로 가세
우리 모두 바른 길

그 길을 서로 서로
이어 이어 가세

• 이음쇠 시작(詩作) 배경 ────────

合理的 實用이나 實用的合理는 같은 개념으로 보았으며,
합리적이라는 말은 현실사정과 여건이 고려되어야 합리적이라는
의미임.
어떤일을 계획하고 실행하는데 있어서, 아무리 합리적이라해도,
결과치인 성과가 Efficiency 가 없다면 허구적임.
마찬가지로 아무리 실용적이라해도 현실 여건과 사정이 반영된
현실적인 합리성이 없다면 합리적이라고 할 수 가 없다고 본 것임.
그렇다고 보면, 한 나라의 경영철학이 될수도 있을 뿐더러, 기업에
있어서는 경영철학도 될 수 있고, 각 개개인에게는 행동 규범철학도
될수있다고 봄.
각 개개인이나, 공동체나 모두가 디 심지어 종교까지도, 사회에
발을 딛고 서있다고 볼 때, 건강하고 발전할 수 있는 사회적
가치관의 정립과 주창은 매우 중요하다고 보는바, 이를 위해, 시집
말미에 이음쇠라는 제목의 시를 감히 게재하게 되었음.

사제 서품(敍品)

주님의 종이 오니
주님은 찬미 받으소서

낮아지고자 엎드리오니
받아주소서

한평생
모든 이를 위해 봉헌코자
무릎 꿇어
주님의 얼을 청하니
눈물만 흘러내리네

꽃다운 나이
그러한 생각이 어찌 절로 들겠는가
은총이 아니라면

뜨거운 기운이
사제들 손을 타고
머리에서 온몸으로 흘러 내려올 때
천사들 음성
성가로 흘러나오네

모세를 통해
예수그리스도에 이르며
천상에서 땅 끝까지

십자가의 사랑과 빛을 청하며
순백의 갑옷으로 무장하고

손을 도유(塗油)하니
그 기운, 온몸을 감싸도다

성반(聖盤)과 성작(聖爵)으로
이웃에게 나눠 줄 양식을 받으며
뜻을 다지고자 무릎을 꿇고
사제들과 서로 안고, 안기우니

뜻과 빛이 한데 모아지며
푸른 창공을 뚫고, 천상에 이르도다

서로 다른 삶의 모습들
사랑으로 어우러져, 하나가 되니
실로, 거룩해 지누나

엎드리면, 우뚝 서 있기 어려우나
우뚝 서기 위해서는
정녕, 엎드려야 하는데
그것이 길이었고
또한 길이거늘

주님의 종이 오니
그대로 제게 이루어지소서

· **도유** : 주교나 사제가성사(聖事)를 집행할 때 성유(聖油)를 바르는 행위
· **성반** : 축성될 제병, 특히 사제용 제병을 놓아두는 둥글고 오목한 쟁반
· **성작** : 천주교 미사시 성찬전례(聖餐典禮)때에 포도주를 담아 봉헌하는 잔
· **서품** : 신품(神品)을 올림. 주교, 사제, 부제를 임명하는 일

수녀님, 우리 수녀님

"수녀님", 마음속으로 불러볼 때면
자신도 모르게 번지는
잔잔한 미소

안 계시는 줄 알았는데
돌아다보면
가만히 지켜보고 계십니다

인사드리면
수줍은 미소를 주시며

바라만 뵈어도
곁에 계시기만해도
따뜻해집니다
마치 우리 자신이 수녀님인 것처럼

혹 눈길이라도 주시면
우리 마음 이해해주시는 것 같아
행복해지고

성당에 안 계시면
왠지 허전하고 쓸쓸하지요
주인 없는 빈 집처럼

웃으시면
컴컴한 방에 불 밝힌 것처럼
환해지고
우리도 덩달아 밝아지지요
마음속 깊은 어둠을 몰아내는 것 같이

144

말씀이 없으시면
화 나 신 것은 아닌지 살피게 되며
뒤돌아봅니다
뿌려진 죄의 흔적을 찾아

성모님은 모든 것을 내어주십니다
어머니가 자식들을 위하시는 것처럼

수녀님을 통해 성모님을 보며
따르니
의지할 수 있는 어머니를
마음 깊이 간직한 이는 행복합니다
잃어버린 이들보다는

이 세상에는
어머니 자식 아닌 이가 없기 때문입니다

수녀님이 계시는 것 만으로도
우리는 행복합니다

절두산

1866년 갑오년
양화진 봉우리 바위 잠두봉

굴비 두릅 엮이듯 줄지어
보리 알 훑듯이
흩날리며 떨어진
아~만여 개의 꽃잎들

석양노을 수면에 반사되어
선분홍 핏빛으로 사방이 붉게 물들여질 때
연못에 펼쳐진 연꽃잎처럼
물 위에 둥둥 떠다니며
천상의 꽃길 따라
이어 이어 흘러갔는데

칼바람 춤추는 엄혹한 현실에도
굴하지 않는 그 용기는 대체 어디서 나왔는가
인간의 의지와 힘으로
가당키나 했겠는가

믿음을 증거하고 자
빛나는 성스러운 별만을 바라보고 의지하며
젖 먹이 코흘리개 40명 식솔 거느리고
캄캄한 겨울밤
살을 에는 칼바람 헤치며
깊은 산속을 헤맨다는 것이
상상이나 가는 일 일는가

믿음이 진정 보물이었고
생명이었음을
보여 주었으니

천상의 꽃잎 같은 순교자들의 핏빛 혼백을
위로하는
양화진의 푸른 물결은

오늘도 우리 가슴을 적시며
도도히 흐르는구나

서로 다른 모습으로 나타나는
오늘날의 순교
뉘 있어, 그 섭리적 의미를 깨달을까

우리 모두는 각자가 순교자인 것을
순교는
그렇게 이어지는 것을

• 절두산 순교성지 ─────────────────
　서울특별시 마포구 합정동 한강변에 있는 가톨릭교 순교사적지 조
　선 시대 한강을 건너던 양하나루터 옆에 있었던 언덕으로 개화기
　때 1866년 흥선대원군 때 박해가 시작, 많은 천주교 신자들이 처형
　되자 절두산 성지로 불리게 되었음

• 잠두봉 ─────────────────────
　누에가 머리를 든 모양 같다 하여 잠두봉이라는 이름이 붙여졌음.
　도성에서 김포에 이르는 나루터 양화진을 끼고 있어 명승을 이루었
　던 곳. 1997년 11월 11일자로 사적으로 지정, 고시되었음

가슴 저미는 황새 바위

장하다
377 순교자여

10세, 20세 어린 나이에
어디서 솟은 용기더냐
삶과 죽음을 깨우친 지혜더냐

용기만 가지고 된다더냐
지혜만 가지면 된다더냐

그 어린 나이에 깨우침이
가당키나 하다더냐

재림천에 줄을 이어 목을 내어놓고도
입은 굳게 다물며
표정은 평화로웠네

마지막 고비를 넘자고, 서로가 의지하며
저세상에 대한 기대와 기쁨으로
이승에서의 마지막 고통을, 기다리고 있네

노년에 이르러도
세월을 뛰어넘어도
도저히 상상하기 힘드네

삶과 죽음을 선택한
그 한마디 말
숙연하고 가슴 저미네

진열되어 있는 그들의 십자 고상
우리네 것 과는 다르다더냐
예수 고상, 또한
우리네 것과는 다르다더냐

같은 고상
같은 예수
같은 믿음이 아니더냐

시간과 공간이 달라지면
믿음도 예수도 하느님도
다, 달라진다는 말이더냐

푸른 하늘과 곁에 흐르는 재림천
맑은 공기와 햇살은
지금도 그대로인데

아~천상에 빛나는 377 넋이여
영원히 살아 숨 쉬며
우리 작은 믿음
인도하리라

• **황새바위 성지**
충남 공주시 금성동 601번지에 있는 조선시대 천주교도 순교지.
충남 문화재 178호로 지정되었음. 바위 위로 소나무가 늘어져 황
새가 많이 서식하는 곳이라 하여 붙여진 명칭
조선후기의 천주교 박해 때 모진 고문을 당하고서도 끝까지 배교
하지 않은 천주교 신자들이 처형되어 순교한 곳

구원의 동반자

부족한 우리
뉘우침과 고백
그 얼마나 아름다운가,
그렇게 어려운 것일까
우리는 죄인인데
다 채워 주실 텐 데

엎지르고 뿌려놓은 죄의 얼룩과 파편
마음은 무거워지네
시간이 흐를수록

펴고 싶네
털고 싶네
주름진 것들과 얼룩진 것들
비추고 싶네 어둠을
내 안의 것들을

너 아닌 내 탓인데
나 아닌 너와, 우리 때문이라고만 하네

사랑했어야 하는데
진정, 자신을 먼저 사랑해야 했는데

잃어버린 나를 찾아
지켜보고 살펴보며
하나하나 바르게 폈어야 했는데

있는 대로 보고, 받아들이니
나와 우리가 보이네

내어놓고 싶네
자신의 모든 것
흉내 내어 보네

회한과 기쁨이 분출하며
메마른 마음을 데우니
봄날의 연초록 잎새처럼 생기 돌고
피어나는 은총의 비
서서히 영혼을 적시네

가만가만 흐르는 눈물
촉촉히 적시우며
씻어주네, 깨끗이

이는 구원의 동반자
하느님으로부터의 선물
은총

기워 갚음

죄에 맞갖은 벌이니
달게 받으며
잘못을 되내이네

지나온 행적들
돌이키며 되돌아보네
가슴을 쓸며

새로운 마음으로
수렁같이 무른 마음
다지고자
밟고 또 밟네
단단한 반석이 되도록

보이지도 않고
느끼지도 못하는
님, 그리어 보며
아픔, 같이 하고자 흉내 내어 보나

또 하나의 힘겨운, 나만 보이네

가슴을 쓸고
달게 받으며
되내이고 견디니

어느덧
평온과 기쁨
연기처럼 스며드네

시련과 은총 (恩寵)

오호통재라
슬프도다

인간의 탐욕과 사악함
화를 키워
하늘과 땅에 가득 채운
(코로나) 바이러스 병독

눈 앞에 펼쳐 놓은
가시밭 길
민초들
통곡과 흐느낌
이어지니

산천 초목이 떨며
두려움
온 누리에
가득 하도다

짙게 드리운
두려움과 슬픔
도시 산야에 자욱하니

소돔과 고모라
뒤 돌아 보는 미련
떨치게하려는
은총의 시련일른가

다가올 기나 긴 숨 죽임
또한
마음을 짓 누르나

먹먹한 가슴
풀어 헤치며

저~ 맑고 푸른
가을 하늘
바라다 본다.

분향 (焚香) – 장미향을 피우며 드리는 간절한 기도

밤 하늘에 별은 빛나고
하늘과 땅을
생명의 힘이 아름답게 휘감고 있으며

로사리오 기도의 장미 향기와
어머니의 사랑이
우리 마음 속에 흐르고 있는
이~거룩한 밤

보살펴 주신
어머니의 크신 사랑과 자비, 은총에
감사와 찬미 드립니다

어머니!

당신께서는
천사의 아룀으로
주님의 뜻을
순명하여 받아드리셨으니
기쁨에 뛰놀며 품어 안으신
아드님 예수

놀람과 출산의 두려움도
성령의 도우심으로
저희 구원을 위해
큰 기쁨이 되셨나이다

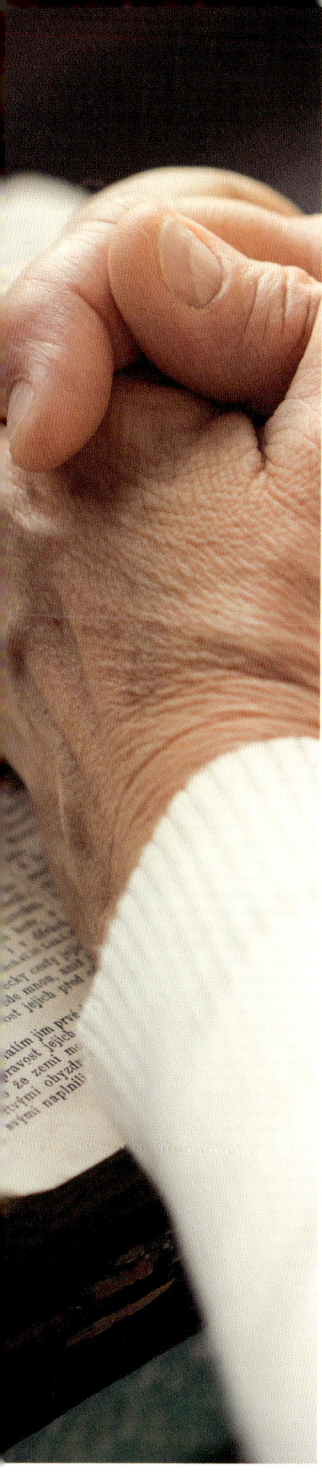

어머니의 지극 정성과 아드님 사랑
어~언 30여 년의 세월임에도

불어닥친 거센 광풍에
골고타 언덕에서
무참히 스러지신
십자가의 아드님

그 시신을
비탄과 통곡으로 끌어안으며
어머니 가슴은
산산이 부서지셨으니

이 세상, 어느 어버이 있어
이를, 감당할 수 있었으리오

저희 죄, 대속하시고자
손과 발에 대못 박히시어
처참하게 돌아가신 아드님 예수,
품어 안으시니

당신 뼈, 마디 마디에서
처절하게 묻어나오는 고통
삼키시며
당신의 숨까지도 거두어 달라고
주님께, 울부짖으셨습니다

선홍빛 같이 붉은
저희 죄 때문에
돌아가신 사랑하는 아드님

그 시신을 끌어안은
어머니의 형용할 수 없는
슬픔과 섭리적 통고

어찌 감히
위로해 드릴 수 있겠나이까

주님, 주님 뜻을 이루소서

아드님 예수의 죽으심과
부활하심으로
저희 구원이 이루어졌으며
어머니께서는 천상 면류관을
쓰셨나이다

한 아드님의 어머니에서
모든 이의 어머니가
되신 것입니다

당신의 모든 자녀들을
사랑으로 돌보시며
저희 죄를 용서해달라
구원해달라
사랑의 눈물로
주님께 빌어주시는

자애로운 전구자가
되신 것 입니다

이 세상에는
어머니 자식 아닌 이가
없을진데
어머니의 흐르는 눈물을
자식인 저희가 아니면
그 어느 누가
닦아 드리리이까

----- *** *** *** -----

초록 빛과 황금 빛 햇살로
눈이 시리도록 아름다운
5월의 봄날이
사무치게 서글퍼짐은
어인 일인가요

한 순간 흘러가는
아름다운 젊음이
너무나도 안타까워서 일까요

빛 바래고, 버려야 할 것 들로만 가득한
때 묻은 저희들의 영혼이
슬퍼서인가요

죄와 허물로 가득찬 마음

거룩하신 당신을
차마, 찬양할 수 없어서는
아닐까요

아름다운 로사리오 장미 향기와
아기 예수에 대한
어머니의 사랑의 눈길이
오월의 따스한 햇살을 타고
어머니 자녀들의 가슴에
스며들 때

스치는 바람과
풀잎 하나 하나 에게도
당신의 손길은
닿았나이다

빈 질그릇 같은 소박함으로
모든 황금의 왕관을 녹이며
흘러내리는
당신의 사랑의 눈물은
이 세상 증오와 슬픔, 아픔을
어루만져 주셨나이다

자녀들을 사랑으로 돌보는
우리네 어머니 마음
성모님 마음이며
주님께서는 당신을
으뜸으로 세우셨나이다

침묵의 인내로
순명과 겸손, 헌신과 사랑을
몸소, 가르쳐주시며
저희들의 고통과 그 매듭을
풀어주시는
인자하신 어머니

달처럼 아름답고
해처럼 빛나며
항상 선명하게
저희 마음에 각인되고 있습니다

----- *** *** *** -----

자애로우신 어머니

바벨탑 쌓아올리며
하늘을 거스르고
교만과 탐욕
악성에 물들었던
당신 자녀들

스스로를 돌아보게 하소서
통회하며
뒤 돌아보지 않게 하소서

이루어 놓은
아름다움까지도
흩트러트리며, 파괴하는 미혹(迷惑)

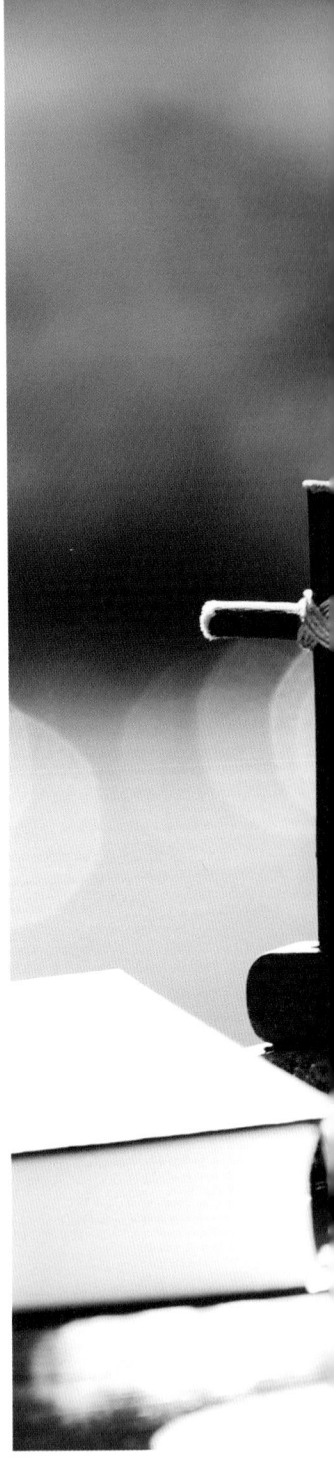

구분의 대립과 혼돈에서
저희를 굳건히 세우시어
승리의길, 빛의 길로
이끌어 주소서

코로나 바이러스 병독에 신음하는
저희 죄인
위로해주시고
온 세상
병든 당신 자녀들의
아픔과 슬픔
어루만져 주시며
치유해 주소서

사랑의 도구되어
기필코 승리하며
구원의 길
걷게 하소서

저희가 죽을 때 부를 이름
어머니!

이 생, 끝날 때까지 동행하시며
당신의 자녀들 도와주소서
저희를 위하여 빌어주소서

로사리오 기도로
저희 위로해 주시며
붙들어 주시는 어머니

5월의 장미처럼
아름다우신 어머니
매괴의 여왕이시여!

주님의 모후, 성모님은
찬미받으소서
이제로부터 영원히 받으소서

어머니
당신의 자녀들인 저희들은
당신을 사랑합니다

오랜 질곡의 세월을 딛고 넘어
75년 피땀 흘려 이루어 낸
빛나는 우리 선진 조국

그 사랑으로

자유 대한민국
지키게 해주소서
하나되게 하소서!

우리는 왜 뜨거운 가슴으로 시를, 읽고 써야 하는가.
이는, 나 자신이 누구인가에 대한 존재의 증명에 다름 아니며, 이웃들에 대한
사랑의 교류인 동시에, 사랑의 표현이기도 하다.

시인의 생활철학과 가치관등을 엿볼 수 있는 소중한 시들을 소담하게 모아,
엮어 놓은 시집이라 생각된다.
그의 시는 우리로 하여금, 우리의 삶과 따스한 가정, 사랑스러운 이웃, 사회와
자연에 대하여 종교적 시심으로 접근하여 정감어린 시상을 자아내게 한다.

몇년전에 발간했던 첫 시집의 부족한 부분을 보완하고,새로운 시들을 추가,
통합하여, 두번째 시집을 발간하게 된 것을 진심으로 축하드린다.

앞으로도 더욱, 시인의 지속적인발전을 기대해 본다.

2024년 1월

문학평론가 임 무 정

삶안에 흐르는 시

저자 및 발행인 **심 재 중**

개정판 발행 2024년 2월 15일
개정판 인쇄 2024년 2월 1일
초판 발행 2019년 4월 1일

펴 낸 곳 ㈜보림에스앤피 (대표이사 채연화)
주   소 (우)04624 서울 중구 퇴계로 238 보림빌딩
전   화 02-2263-4934~5
팩   스 02-2276-1641
저자메일 shimmichael@daum.net

출판등록 301-2009-113
I S B N 978-89-98252-66-3
가   격 15,000원

구독송금계좌(심재중)
694701-01-068917(국민은행) / 302-1175-1727-61(농협)